## HISPANIC TEXTS

*general editor* Professor Peter Beards

Department of Hispanic Studies, Ur

*series previously edited by* Emeritus

*series advisers*
*Spanish literature:* Professor Jeremy Lawrance
Department of Spanish and Portuguese Studies, University of Manchester
*Latin American literature:* Dr Giovanni Pontiero
Department of Spanish and Portuguese Studies, University of Manchester
*US adviser:* Professor Geoffrey Ribbans, Brown University, USA


*Hispanic Texts* provide important and attractive material in editions with an introduction, notes and vocabulary, and are suitable both for advanced study in schools, colleges and higher education and for use by the general reader. Continuing the tradition established by the previous *Spanish Texts*, the series combines a high standard of scholarship with practical linguistic assistance for English speakers. It aims to respond to recent changes in the kind of text selected for study, or chosen as background reading to support the acquisition of foreign languages, and places an emphasis on modern texts which not only deserve attention in their own right but contribute to a fuller understanding of the societies in which they were written. While many of these works are regarded as modern classics, others are included for their suitability as useful and enjoyable reading material, and may contain colloquial and journalistic as well as literary Spanish. The series will also give fuller representation to the increasing literary, political and economic importance of Latin America.

# *'Esbjerg, en la costa' y otros cuentos*

*Reviews of previous volumes in the series*

*Bodas de sangre*
This excellent edition is ... most welcome. A select bibliography, a brief vocabulary, several footnotes to explain points of difficulty, fourteen long end-notes ... and even the music of the songs, make the edition an extremely valuable and interesting volume, offering the reader the text of the play itself and important new insights into its structure, its significance and indeed its success.          *Modern Languages Review*

*Réquiem por un compesino español*
This volume will no doubt become the standard text for English readers for some time
*Modern Languages Review*

This is an excellent edition of *Réquiem*, not least for its thorough and penetrating introductory essay.          *Bulletin of Hispanic Studies*

Será ahora cuando reciba un merecido estudio por parte de Patricia McDermott tras tiempo de espera, y tanto profesores como alumnos debemos sentirnos muy agradecidos por la introducción a la nueva edición del libro por parte de Manchester University Press que nos permitirá adentrarnos en la obra con mayor facilidad.          *Vida Hispánica*

# Juan Carlos Onetti
## *'Esbjerg, en la costa' y otros cuentos*

edited with introduction, critical analysis, notes and vocabulary by
Peter Turton

**Manchester University Press**
Manchester and New York

distributed exclusively in the USA and Canada by St. Martin's Press

Short stories © Juan Carlos Onetti:
*Bienvenido, Bob* © 1944
*Esbjerg, en la costa* © 1946
*El infierno tan temido* © 1957
*La cara de la desgracia* © 1960
All matter in English © Peter Turton 1994

*Published by* Manchester University Press
Oxford Road, Manchester M13 9NR, England
*and* Room 400, 175 Fifth Avenue, New York, NY 10010, USA

*Distributed exclusively in the USA and Canada*
*by* St. Martin's Press, Inc., 175 Fifth Avenue, New York, NY 10010, USA

*British Library Cataloguing-in-Publication Data*
A catalogue record for this book is available from the British Library

*Library of Congress Cataloguing-in-Publication Data*
Onetti, Juan Carlos, 1909-
    [Short stories. Selections]
    Juan Carlos Onetti : 'Esbjerg, en la costa' y otros cuentos / edited with
introduction, critical    analysis, notes and vocabulary by Peter Turton.
        p. cm. — (Hispanic texts)
    English and Spanish
    Includes bibliographical references.
    ISBN 0-7190-4212-7 (pbk.)
    I. Turton, Peter.    II. Title.    III. Series.
PQ8519.O59A6    1994
863—dc20                                                            93-47157

ISBN 0 7190 4212 7 *paperback*

Typeset in Times
by Koinonia Ltd, Manchester
Printed in Great Britain
by Bell & Bain Ltd, Glasgow

# Contents

# Introduction

Despite not belonging to the 'boom' generation of Latin American writers of contemporary fiction launched in the early 1960s, Juan Carlos Onetti (b. 1909, d. 1994) has come into his own in the minds of committed readers of that continent's literature. He is now rightly mentioned in the same breath as younger writers of the 'boom' such as Mario Vargas Llosa, Gabriel García Márquez and Carlos Fuentes and the rather older generation of Julio Cortázar, Alejo Carpentier and João Guimarães Rosa. Onetti rode into prominence on the coat-tails of these exciting authors, and deservedly so, because of an increasing international demand for contemporary writing of quality from Latin America. Possibly Onetti's own connection with Spain, where he lived in self-imposed exile from 1975, was helpful in securing the degree of international recognition he now enjoys. In February 1974 he had been arrested in Montevideo, imprisoned and eventually interned for three months in a psychiatric clinic for having formed part of the jury in a literary competition organised by the radical Uruguayan cultural magazine *Marcha*. A prize had been awarded to a short story deemed obscene by the military rulers of the country at that time because it featured a homosexual relationship between a minister and one of his guards.

However, even before his Spanish exile, Onetti's major works were starting to be translated. The process got under way with a French version of perhaps his best novel, *El astillero* (1961), which appeared in 1967 as *Le Chantier*. One year later came the first English translation of the same novel (*The Shipyard*), from the United States. Recently there has been a spate of English versions of Onetti's works, including a new translation of *El astillero*, from Serpent's Tail Press (London), in 1992. Most of his major novels and short stories are now available in the main European languages, which provides a measure of the esteem in which Onetti is now held.

In common with many other writers of great quality, Onetti had to wait a long time for a proper appreciation. His first published book, *El pozo* (1939), gathered the dust of some twenty years in a publisher's warehouse, and its author, despite receiving several prizes (although never a first prize) in Latin American literary competitions, did not begin to command really serious attention in his native River Plate until the 1960s, when other Latin American prose writers had begun to bask in the warmth of international accolades. By then his own country, Uruguay, had produced a batch of literary critics who had left their mark continentally and were quite aware of Onetti's worth. These were Emir Rodríguez Monegal, Angel Rama and Mario Benedetti, to be followed by Fernando Aínsa and Jorge Ruffinelli. There were, inevitably, some dissenting voices, the most prominent of which was that of Enrique Anderson Imbert, the Argentinian author of the trail-blazing *Historia de la literatura hispanoamericana* (1954), who sourly accused one of Onetti's most ambitious novels, *La vida breve* (1950), of being written in 'una prosa turbia y pastosa, pasta de lengua con grumos mentalmente traducidos de literaturas extranjeras'.

Rubén Cotelo, a younger and less acerbic critic (and also Uruguayan, unlike Anderson Imbert) was more perceptive about the peculiar qualities of Onetti's work, remarking:

> Nadie puede sinceramente asegurar que deriva placer de la lectura de una obra de Onetti, por lo menos no en el sentido corriente, siempre hay algo de incómodo, se sabe de la existencia de un sentido que se oculta, el estilo adopta formas tensas e introspectivas, los personajes difieren poco entre sí y de hecho sugieren variaciones de un mismo modelo que puede ser el autor, la anécdota transcurre lenta, presenta escasos incidentes y por lo general se sitúa temporalmente fuera del foco de acontecimientos determinantes y la narración consiste en develar el significado y consecuencias de lo que sucedió antes.[1]

There is a pattern of life which runs consistently through Onetti's work and which certainly leaves the reader with a nasty taste in the mouth, so thoroughly and coherently pessimistic does it turn out to be, although brushed with a certain discreet and ironic humour and the thematic sentimentality of the tango. *Grosso modo,* what happens is as follows: the young female (the only attractive female for the Onettian male) turns inevitably into a woman who, by Onetti's definition, is a creature bereft of idealism and physical attraction: the loss of virginity in the female is perceived as the first step on the downward path to decline (even decay) and death; as for men, when they reach the age of thirty (sometimes forty) they become disillusioned and cynical, the mature adult male resigning himself to becoming a manipulative actor in a life that is no more than a sordid game where spontaneity is forbidden because it leads to vulnerability; some of Onetti's adult males try to escape from this situation by making an existential leap, which fails; the rest merely accept the rules of the game and contemplate ironically the follies of those who struggle; human solidarity turns out to be an illusion; love never lasts; we are all

[1]Rubén Cotelo, *Realidad y creación en 'Una tumba sin nombre'*, in *En torno a Juan Carlos Onetti*, ed. Lídice Gómez Mango, Montevideo, Fundación de Cultura Universitaria, 1970, p. 25.

alone; decay and death stalk us all, and this is the ultimate proof of life's meaninglessness.

Onetti's literary influences, thematically, are Céline and Knut Hamsun, read avidly in his youth. His prose style, however, shows a confessed influence of Proust, the writer Onetti most admired. The appalling message is conveyed with a sinuous subtlety which – and here we differ from Rubén Cotelo – is definitely pleasurable and leads the reader, temporarily, to believe in the purgatorial vision of the world that Onetti offers him. It is interesting to note that both Céline and Hamsun were led by their bitterness to become supporters of Fascism (and were lucky to escape execution after the Second World War), whereas Onetti, as far as public politics goes, always considered himself a man of the left. In the late 1920s, for example, he tried unsuccessfully to visit the Soviet Union; later on he was a Republican supporter in the Spanish Civil War (his novel *Para esta noche*, although not specifically located in Spain, seems to have used certain events in the Republican *desbandada* of 1939 as a background to his plot). In addition, Onetti was a major contributor to the left-wing review *Marcha* from its beginnings in that same year, and he always had a certain admiration for Fidel Castro. The existential despair of Onetti's literary works, on the one hand, and his sincere support for important left-wing causes on the other, may appear paradoxical. Yet, as Goethe famously remarked, 'Two souls dwell, alas, in my breast' – and the Protean nature of Goethe and his work show that this utterance was a mere off-the-cuff pointer in the direction of the truth; the reality is that man, especially sensitive man, is heterogeneous. In the Luso-Hispanic world two great modern poets, contemporaries of each other, based a large part of their literary practice on this idea: Fernando Pessoa and Antonio Machado.

For his part, Onetti was quite clear as to what writing meant for him. Shunning the world of literary gossip and self-promoting cliques, Onetti believed that the writer 'escribe porque sí, porque no tendrá más remedio que hacerlo, porque es su vicio, su pasión y su desgracia'.[2] Eladio Linacero, the beleaguered anti-hero of *El pozo,* the Onettian *Urtext* or proto-novel which contains in essence much of the later writing, confesses: 'Es cierto que no sé escribir, pero escribo de mí mismo', echoing the words of one of the few River Plate writers admired by Onetti, Roberto Arlt, who says, in the prologue to his novel *Los lanzallamas* (1931): 'Se dice de mí que escribo mal. Es posible. De cualquier manera, no tendría dificultad en citar a numerosa gente que escribe bien y a quienes únicamente leen correctos miembros de su familia.'

[2]Juan Carlos Onetti, *Réquiem para Faulkner y otros artículos*, ed. J. Ruffinelli, Montevideo, Arca, 1975, p. 36.

Writing, for Arlt and Onetti, is not a game but rather an act of catharsis. And what of the literature of political 'commitment'? Onetti once stated:

> Confío en el diablo y la santísima María y menefrego en el realismo socialista y los compromisos literarios. ... No creo en el compromiso político en la literatura, en la literatura partidaria. Creo en el compromiso esencial del escritor consigo mismo. Si ese compromiso implica la política, mejor.[3]

It is just that for Onetti, 'commitment' never does imply politics:

> El escritor no desempeña ninguna tarea de importancia social. Sólo debe poseer talento. La literatura jamás debe se*r comprometida.* Simplemente debe ser buena literatura. La mía sólo está comprometida conmigo mismo. El hecho de que no me guste la pobreza es un problema aparte de mi literatura.[4]

Onetti always maintained this stance, from *El pozo* down to his last major novel *Dejemos hablar al viento,* published forty years later. About the notorious 'Padilla affair' in Cuba (1971), which alienated many Latin American writers who claimed to be supporters of the Fidel Castro revolution, Onetti merely remarked contemptuously: 'Fidel no tendría que haberse puesto a discutir con nadie, y menos con Padilla', who was, in Onetti's estimation, nothing more than a 'farsante'.[5] Padilla was a rather bad Cuban poet who had been arrested for playing the dissident (among other things he had suggested that the Cuban regime was akin to that of Joseph Stalin), and who recanted his ideas publicly before the Cuban writers' union. Later on he found his way to Miami and recanted his recantation.

Besides Céline and Knut Hamsun, the main literary influence on Onetti was William Faulkner, whom the Uruguayan jokingly confessed to having 'plagiarised' for decades. Faulkner's mythical Yoknapatawpha County, Mississippi, lies behind Onetti's own fictitious River Plate town of Santa María and its environs. Technically, Onetti borrowed from Faulkner's perspectivism (itself derived from Faulkner's reading of James Joyce), but he employed it in a less flamboyant manner.

Previous Uruguayan literature appears to have offered Onetti practically nothing: above all he rejected the nativist 'criollismo' featuring ranchers, cowboys and farmers (as in the works of Javier de Viana and Carlos Reyles), and even Horacio Quiroga, whose very different kinds of story were usually set in the countryside, seems to have been admired but not followed. The same went for the whimsical fantasist Felisberto Hernández. Onetti is essentially a writer of the urban scene, whether this

[3]Alvaro Castillo, *Hacia Onetti*, in *Homenaje a Juan Carlos Onetti*, ed. Helmy F. Giacoman, New York, Las Américas, pp. 293 and 290 respectively.
[4]Interview with Bella Jozef, *Jornal do Brasil*, Rio de Janeiro, 8 June 1975.
[5]Alvaro Castillo, *Hacia Onetti*, p. 291.

be the great city (Buenos Aires and Montevideo) or the provincial small town (Santa María).

He was also drawn to 'the writer who was not a man of letters, the anti-intellectual'.[6] The Argentinian Roberto Arlt, the 'Dostoevsky of the River Plate', with his fascination for lowlife types of Buenos Aires (ruffians, gangsters and prostitutes), was the only deep local influence on him, if we except the inescapable shade of Jorge Luis Borges, paradoxically the most 'intellectual' of them all.

Onetti's professional background was in journalism (at one time he worked for Reuters). He was also a librarian and worked in an advertising agency, apart from doing other, less demanding jobs to keep the wolf from the door, such as that of ticketseller in a stadium, waiter and even doorman. The worlds of journalism and advertising appear in his books from time to time, and evidence a kind of tawdry and undignified seediness. Obviously Onetti held them in fairly low esteem. On the other hand the misogyny which oozes out of his books bears a rather mysterious relation to the fact that he was married four times. It seems to be a case, both in Onetti's life and his fiction, of 'you can't live with them or without them'.

He had two children, Jorge and Isabel Maria ('Litty'), separated in age by some twenty years. However, the theme of the family is largely absent in his writings, although in the last major novel, *Dejemos hablar al viento* (1979), the protagonist has to deal with the problematical irruption into his life of a character who may or may not be his son. 'Yo soy un hombre solitario que fuma en un sitio cualquiera de la ciudad', says the prototype of the Onettian male that is Eladio Linacero, in *El pozo*, and it is from the unsatisfactory situation of this kind of alienated male that Onetti's narratives tend to proceed.

Linacero views the world through a prism of disgust, selfloathing and bitterness. He is looking for something to hang on to, having rejected political activism and made a mess of his relations with women, whom he misunderstands and degrades. He could only be, he confesses, 'the friend of Electra', Electra being taken as the archetypal young girl drawn to the father or father-figure. Linacero is only attracted by adolescent girls, and when these grow up and turn into women he is repelled by them. Onetti's misogyny seems well-nigh total: the ideal of one of his most important characters (who appears in several books), the pimp Larsen, is to create the perfect brothel. However, there are numerous female readers of Onetti who are addicted to his writing and feel that underneath the misogynistic surface lurks a fascination with women which is altogether admirable.

*El pozo* deals with many themes that are basic to the Onettian world-

[6]Juan Carlos Onetti, *Réquiem para Faulkner*, p. 19.

view and that are developed in later and more ambitious and sophisticated works. One of these themes is the need to dream, even to give rein to masturbatory fantasies. To the real and sordid sexual experience with Ana María, one of the females in *El pozo* (he humiliates her sexually in some way not made clear), Linacero prefers a re-creation of the scene in his imagination, with improvisations and omissions, and a change of location from Buenos Aires to Alaska.

*Tierra de nadie* (1941), his first full-length novel, perhaps an attempt to follow John Dos Passos (*Manhattan Transfer*) by doing for Buenos Aires what the latter did for New York, portrays the chaotic life of a great city which devours its inhabitants. Here Onetti has not succeeded (an American critic labelled *Tierra de nadie* one of Onetti's worst novels) because he evidently did not feel comfortable with the type of rapid action and fleeting narrative fragments employed in this text. What Onetti does best has a slower narrative pace and few events, whose authenticity and meaning are submitted to constant speculation. The characters in *Tierra de nadie* do not awaken the interest (this was not Onetti's aim) that we feel for the Larsen of *El astillero* and *Juntacadáveres* or even for the Stein–Mami couple in *La vida breve*. *Tierra de nadie* resembles nothing so much as a mirror so splintered that it is of practically no use as a mirror.

*Para esta noche* (1943), a novel partly inspired by the last events of the Spanish Civil War, when the disintegrating Republican forces are fleeing from and being hunted down by the victorious cohorts of reaction, constitutes, in the words of its author, 'a cynical attempt at liberation' by someone who was not on the scene (because he was not committed enough to go to Spain and fight for his beliefs) and who could only write about those events. This attitude is what the Germans know as *Künstlerschuld*, or artist's guilt, caused by the feeling that the commitment of the artist is something secondary and inferior to being a protagonist in the train of events themselves.

*La vida breve* (1950), Onetti's most ambitious novel, possesses many good qualities (*pace* Anderson Imbert), not the least of which is a subtle and sinuous prose conveying well fine shades of Onettian pathos, humour and cruelty. However, it is botched as a novel through a formal error its author could have avoided. It traces the transformation of a shy, mediocre and repressed man (whose name – Brausen – ironically conveys all stormy rush and fury) into a strong and even sadistic individual who subjugates all those around him and proceeds at the same time to create an imaginary world (in a film script he writes) which becomes reality and into which Brausen eventually moves. As in so many Onettian plots, the protagonist starts out by feeling trapped and attempts to escape into another dimension of reality created by himself. This novel, not by chance, is prefaced by a quote from Walt Whitman, that arch-anarchist and life-celebrator:

> O something pernicious and dread!
> Something far away from a puny and pious life!
> Something unproved! Something in a trance!
> Something escaped from the anchorage and driving free.

Brausen, who works in a Buenos Aires publicity agency from which he is suddenly given the sack, wants to separate from his wife, whose breast has just been surgically removed. She goes away to her mother and he assumes a new identity, calling himself Arce and starting a sadistic sexual relationship with the whore who has moved into the adjoining flat. He also affirms his new freedom by writing the film script, whose main character is Díaz Grey, a doctor. Both Díaz Grey and Larsen, originally a minor figure in *Tierra de nadie*, will reappear regularly in Onetti's later fiction because this will tend to be centred in the imagined riverside town – Santa María – that Brausen has dreamed up for his film script. Another character created by Brausen in *La vida breve* is Elena Sala, a morphine addict who comes to Díaz Grey for the drug and becomes part of the doctor's entourage.

Brausen/Arce ends up by himself constituting part of the Santa Maria scenario that his imagination has spawned. Formally, however, *La vida breve* does not succeed, since from an admirable psychological naturalism quite appropriate to the scenes of uneasy guilt with which Brausen deals with his wife and the cool cruelty he metes out to the whore, the reader is led into a confused carnivalesque landscape – the characters actually mingle with a carnival and don carnival costumes in their flight from the police – which trivialises the psychological problems posed by the masterful main part of the novel. It is as if Onetti had found no way of resolving these problems realistically and had been tempted into adding a ridiculous coda to finish his novel somehow.

Most critics consider that *El astillero* (1961) is the summit of Onetti's novelistic output. Here Larsen returns to Santa María in order to occupy a leading position in the town which has so hypocritically expelled him in ignominy after inviting him to install himself in the name of 'progress' as the manager of a brothel. When the local politics change Larsen becomes a scapegoat for the town's bad conscience. A later novel than *El astillero*, *Juntacadáveres* (1964) – although begun before *El astillero* – tells of Larsen's first stay in Santa María with his team of prostitutes, and his subsequent expulsion. In *El astillero* Larsen is tempted by an old, ruined capitalist, Jeremías Petrus, into taking on the general managership of a

7

bankrupt shipyard, inhabited only by 'souls in torment', Kunz and Gálvez, two employees whose illusions about the shipyard have died a long time before. Larsen's task of resurrecting this defunct enterprise becomes with time increasingly phantasmagoric, but Larsen needs to believe in *something*, in order to believe in himself. Onetti is constructing here a harrowing allegory of man's futile struggle against decay and death. Larsen, now in his fifties, is no longer the masterful figure he has been: the old exploiter now needs an illusion to live by. In times past he would have detected the trap, but now he prefers to heed Petrus's lying fabrications about the future of the shipyard, for he has nowhere else to go. He finally dies without having attained any of his goals in Santa María. For Onetti death is the ultimate failure of man and the proof of the general misunderstanding on which we construct our lives (that we are basically in control of them). As the doctor, Díaz Grey, declares in an interview with Larsen placed, significantly, by Onetti in the very centre pages of the novel, nobody can believe in the reality of their death, but death is a 'cosa tan de rutina; un suceso, en todo momento, ya cumplido'. The ruined shipyard turns out to be the supreme symbol of death, against which even the forceful *homo faber*, the Faustian Larsen, struggles in vain.

There is no doubt that Onetti is obsessed with human decay and death, and views them as essentially unjust. He declared to the Brazilian critic Bella Jozef: 'la muerte está siempre presente en mí, en mis libros. Es ella lo que hace la vida tan absurda.' His main ambition, he told her, was 'Envejecer lo menos posible. Perdurar.'[7] To his compatriot Jorge Ruffinelli he avowed: 'Onetti es nihilista y es pesimista. Onetti ha leído a Schopenhauer, y además, leyó el Eclesiastés, en algún momento de distracción. ... Ahora, si usted puede rebatir el Eclesiastés, yo lo oiría con mucho gusto.'[8] According to the Ancients, the best thing is never to have been born at all, and Onetti seems to concur in this judgement.

Love does not last, sex does not satisfy. The attractive and idealistic young girl will in time become a caricature of her former self: see the sketches of older women in Onetti, for example, that of Mami, the decaying yet still flirtatious ex-prostitute of *La vida breve*, a portrait drawn, however, with a certain sentimental affection; or the crueller and more peremptory picture of the middle-aged newspaper-woman in *El infierno tan temido*. The Onettian male always sets his sights on a younger female, but here the possibilities for disharmony are rife, and these relationships end in disaster (and sometimes the death of the female). When the male ages he starts to lose his faculties and power to attract, and

[7]Interview with Bella Jozef, *Jornal do Brazil*.
[8]*Asedio colectivo a Onetti*, in *Onetti*, ed. J. Ruffinelli, Montevideo, Biblioteca de Marcha, 1973, p. 33.

concomitantly his self-confidence and *joie de vivre*. From an individual with power (a *subject*) he becomes an *object*, provoking the scorn of the young. This is exemplified most clearly in *Bienvenido, Bob*, but the theme appears everywhere in Onetti's work. Larsen 'no nació para morir sino para ganar e imponerse', and this illusion leads to his pathetic demise. He eventually desists from trying to breathe life into the defunct shipyard when he is betrayed by one of his subordinates; he finds no friendship, much less love, anywhere, and he ends up by losing the will to live. Doubtless *El astillero* constitutes the gloomiest work of a very gloomy writer; perhaps it is not by chance that many consider it to be his masterpiece.

Of course, life does offer some consolations, even for Onetti's characters: alcohol, tobacco, drugs, sex and (sometimes, fleetingly, love). Perhaps the most important of these consolations is artistic creation, seen as exclusively the province of the male. Relations between the sexes are vitiated by fundamental misunderstandings which are mainly the male's fault because he exhibits a general scorn for the female, whose basic function is, in his eyes, the reproduction of the species, the giving birth to future victims of the disease called life. At least the male can transcend his circumstances through art, whilst the female's energies on reaching maturity, are siphoned off away from the male and into childbirth. The fact that this is precisely the time when she needs the presence of the male most (in order to procreate) is merely one of life's nastier little ironies.

Onetti's main characters, almost always men, are enclosed in their own egocentricity, even solypsism. They conceive the world as a jungle where the existence of winners presupposes that of losers. (As the sceptical Brazilian novelist Machado de Assis has one of the characters say, in his *Quincas Borba* (1891), 'ao vencedor as batatas'; and Nietzsche believed that 'Life is warfare'). The illusions of youth, in Onetti's works, give way to sterile calculation and role-playing by the adult which prevent any spontaneous *giving* of anything to anybody. Here, of course, we are faced with a depressive's (even a paranoiac's) view of life. But there is sometimes a hint that the reader may be meant to learn from the failures of such cynicism and thus avoid behaving like Onetti's ill-starred protagonists. Certainly, in his most savage novel, the one where the characters' hatreds and bitterness are most openly expressed, *Dejemos hablar al viento*, this tacit invitation becomes, briefly, explicit. Towards the end we are given the picture of an old couple of happy gringos who have been in love ever since adolescence and have transcended the illusions of carnal desire. And what remains from the final conflagration which destroys Santa María, perpetrated by a strange pyromaniac called El Colorado, is precisely this image. The rest deserves to be annihilated.

9

*Dejemos hablar al viento* offers the reader a more exaggerated, almost expressionist picture of the previous Onettian world. Its hatreds, perversions, disappointments and betrayals are of a more brutal violence. But perhaps because of the rule that one extreme engenders its opposite, it is here that we observe the delicate flower of deep and lasting love posited on a renunciation of the self. For that reason, maybe, the work is entitled *Dejemos hablar al viento* (the title comes from a poem by Ezra Pound). Has Onetti arrived, belatedly, at the consciousness of the Taoist, Buddhist, Hindu, Sufi and Christian way? From the hells and purgatories of his fictional world at least two of his characters have managed to scale the Mountain of Paradise.

Onetti is now a recognised classic of Latin American contemporary fiction, and any editions (but more specially, critical editions) of his works are more than welcome. The desolate scenarios of human life that he offers, influenced by such Angst-ridden writers as Knut Hamsun, Céline and (locally) Roberto Arlt, have become deeply entrenched in the Latin American literary consciousness. Perhaps, however, they would not have achieved this had it not been for the technical mastery, which goes beyond what these authors attempted, displayed in the depiction of these waste lands. Onetti can be talked of in the same breath as another of his masters, William Faulkner, from whose experiments with split time sequences and consciousness he has quietly borrowed. If one adds to this a seductive and rather Borgesian penchant for questioning the status of 'facts' and 'events', rendered by a languid, morose prose expressive of a continuous stream of ironic uncertainties and which exists in a relation of tension to the often rather brutal deeds and words of Onetti's characters, one can begin to understand the fascination that this writer exerts on his devotees.

In my opinion, his best work is contained in some of the short stories and the novel *El astillero*. Thematically his works are all of a piece, but formally the short stories sometimes approach perfection. Some, because of their density and subtlety, could be taken as novels in miniature. Our selection, from which we have had to exclude the magnificent and startling *Jacob y el otro* (1961) [purely for reasons of space], constitutes a very suitable introduction to the whole of Onetti's work.

## Four stories: a critical analysis

### *Bienvenido, Bob (1944)*

This is the earliest and least complex of the Onetti stories chosen for this brief collection. It is also the one to have represented Onetti most often in anthologies of Latin American short stories, rather surprisingly when one considers the finer quality of some of this writer's other productions in the genre, including the remaining three in the present book. It tells of the revenge taken by an older man on a young one who has successfully prevented the former from marrying the latter's sister by relaying to her (so the older man, who is also the narrator of the story, surmises) something disreputable from the suitor's past. Connoisseurs of Onetti's writing will at once recognise the main philosophical premise underpinning the events of the story: that the end of youth signifies, inevitably, times of increasing anguish, degradation and cynicism. This of course is a recasting of an ancient truism dating back, in Western literature, as far as preclassical Greece (it appears in the poet Theognis), and finding its most impressive formulation in the famous choral ode chanted by the Theban elders in Sophocles' *Oedipus at Colonnus*:

> Say what you will, the greatest boon is not to be;
> But, life begun, soonest to end is best,
> And to that bourne from which our way began
> Swiftly return.
> *The simple playtime of our youth behind,*
> *What woe is absent, what fierce agony?*[9]

Onetti's finest novel, *El astillero,* with its depiction of the fruitless struggles of the ageing Larsen to preserve his power and *raison d'être*, deals precisely with this theme, but the idea is everywhere in this author's writings, to the point of obsession.

The reason given by the young Bob of the title to the older man for blocking the marriage is brutally simple:

Usted no se va a casar con ella porque usted es viejo y ella es joven. No sé si usted tiene treinta o cuarenta años, no importa. Pero usted es un hombre hecho, es decir, deshecho, como todos los hombres de su edad cuando no son extraordinarios. (p. 56)[10]

From the internal evidence of the story the reader can deduce that Bob, at the time of uttering this scornful diatribe, is about twenty years old. Bob's younger sister Inés subsequently grows cold to the narrator's attentions, and instead of the enthusiastic and open-minded young *girl* he has been courting, the narrator finds himself confronted with an unrecognisable and totally unresponsive *woman*:

[9]Sophocles, *Oedipus at Colonnus*, translated by E. F. Watling, Harmondsworth, Penguin, 1982, p. 109, ll. 1223–8. My emphasis.
[10]Unless otherwise indicated, numbers given in brackets after a quote from Onetti's text refer to the pages of the present edition.

11

Pero cómo hablar a Inés, cómo tocarla, convencerla a través de la repentina mujer apática de las dos últimas entrevistas. Cómo reconocerla o siquiera evocarla mirando a la mujer de largo cuerpo rígido en el sillón de su casa y el banco de la plaza, de una igual rigidez resuelta y mantenida en las dos distintas horas y los dos parajes; la mujer de cuello tenso, los ojos hacia adelante, la boca muerta, las manos plantadas en el regazo. Yo la miraba y era 'no', sabía que era 'no' todo el aire que la estuvo rodeando. (p. 58)

The girl/woman polarity crops up throughout Onetti's works: the Onettian male is usually only attracted to the adolescent or near-adolescent female, since he finds that the grown woman has lost her sense of adventure and her physical charms as well. It is not quite the Humbert Humbert syndrome, since in Nabokov's *Lolita* the girl at first is a twelve-year-old 'nymphet' (pre-adolescent) who is seduced by/herself seduces the experienced and cynical man in his thirties. As in the Hollywood film of *Lolita*, the attractive female in Onetti is at least a teenager. Neither Hollywood (Stanley Kubrick) nor Onetti go so far as Nabokov, Hollywood having to contend with American puritanism and Onetti for reasons of his own which are partly indicated in what Eladio Linacero says in *El pozo*, the author's first published book:

He leído que la inteligencia de las mujeres termina de crecer a los veinte o veinticinco años. No sé nada de la inteligencia de las mujeres y tampoco me interesa. Pero el espíritu de las muchachas muere a esa edad, más o menos. Pero muere siempre; terminan siendo todas iguales, con un sentido práctico hediondo, con sus necesidades materiales y un deseo ciego y oscuro de parir un hijo. Piénsese en esto y se sabrá por qué no hay grandes artistas mujeres. Y si uno se casa con una muchacha y un día despierta al lado de una mujer, es posible que comprenda, sin asco, el alma de los violadores de niñas y el cariño baboso de los viejos que esperan con chocolatines en las esquinas de los liceos.[11]

In *Bienvenido, Bob* the girl marries someone else and leaves Buenos Aires (where the story is set and Onetti was living at its time of writing). Some ten years go by, and when the two males meet up again the older man is tempted to insult the younger and beat him up, but is prevented from doing so by the presence of other people. The next meeting becomes the first of many over a whole year (which takes the reader back to the starting-point of the narrative), and the older man decides on a more subtle and sadistic form of revenge. By this time 'Bob' is calling himself 'Roberto' and is scarcely recognisable: he has lost all his illusions and entered what the narrator calls the 'tenebroso y maloliente mundo de los adultos' (p. 60). He has become, in fact, what he accused the older man of

[11]Juan Carlos Onetti, *Obras completas*, Mexico, Aguilar, 1970, p. 63.

being when preventing his sister's marriage to the latter. The narrator silently welcomes him (hence the story title) to the 'club' of has-beens and derives special pleasure from fostering the illusion that 'Roberto' can return to being 'Bob' by leading him to wallow sentimentally in the past, 'construyendo para él planes, creencias y mañanas distintos que tienen la luz y el sabor del país de juventud de donde él llegó hace un tiempo' (p. 60). But there is no road back for the thirty-year-old Roberto, who has crossed the line between innocence and experience.

This is an idea which pervades Onetti's writings and is no doubt fostered by the tango-culture of the River Plate area, in which betrayed males look back, in the company of their 'barra' (gang of cronies), smoking and boozing to drown their sorrows, over a misspent youth. The betrayals are by women, and sometimes also even by best friends, who have run off with these women. Carlos Gardel, of course, was the great interpreter of the miseries of these men's lives, in such classic tangos as *Caminito, Volver, Mi Buenos Aires querido, La cumparsita, Mentiras, Silencio*, etc.

*Bienvenido, Bob* offers a precise and fairly detailed idea of what Onetti understands by 'youth' and 'adulthood'. In fact, the story is structured around this dichotomy, which is exemplified in one character: Bob/Roberto. One must take into account that for Spanish speakers 'Bob' sounds exotic and promising, whilst 'Roberto' is merely banal. For Anglophones practically the opposite is true.

The two polarities are established right at the start of the narrative, between 'Bob, del pelo rubio colgando en la sien, la sonrisa y los lustrosos ojos', drinking just two glasses of beer 'en la más larga de las noches', and Roberto, 'que se emborracha con cualquier cosa, protegiéndose la boca con la mano sucia cuando tose' (p. 53). The interest of the story, therefore, resides in how the transformation could have come to pass, how this lover of jazz, this possessor of intense and mocking scorn for older men, this 'enragingly young' man dreaming of the 'infinite city' he would build on the coast when he had completed his architectural studies, this being who would not and could not tell lies, this smug proclaimer of the struggle between the young and the old, with his 'implacable youth', this 'master of the future and the world', could have sunk so low, lower even than the cynical narrator who awaits him in the café and feeds his nostalgia with cruel remembrances of a better past, a past where he has annihilated the narrator's last chance of happiness. We are not told exactly how the transformation has been effected: the reader must draw his own conclusions. All we know is that some ten years have gone by and that the former 'Bob' is now a human wreck, a man de dedos sucios de tabaco llamado Roberto, que lleva una vida grotesca, trabajando en cualquier hedionda oficina, casado con una gorda mujer a quien llama 'mi señora'; el hombre que se pasa estos largos domingos hundido en el asiento del café examinando diarios y jugando a las carreras por teléfono. (p. 59)

Gambling in Onetti tends to be the last bastion of hope of those men whose attempts to change the mediocre reality of their lives have failed: see especially the masterful *Esbjerg, en la costa*, collected in this present volume and centring around the failed bet of a frustrated little office-worker.

Ironically, it is Bob himself, in his characterisation of the older man whose love he is thwarting, who has had a very clear understanding of the nature of the 'shipwreck' that men no longer young have suffered. It is just that he does not realise that this will happen to himself:

'Claro que usted tiene motivos para creer en lo extraordinario suyo. Creer que ha salvado muchas cosas del naufragio. Pero no es cierto. ... Usted es egoísta; es sensual de una sucia manera. Está atado a cosas miserables y son las cosas lo que lo arrastran. No va a ninguna parte, no lo desea realmente.' ... Estuvo diciendo que en aquello que él llamaba vejez, lo más repugnante, lo que determinaba la descomposición, o acaso lo que era símbolo de descomposición era pensar por conceptos, englobar a las mujeres en la palabra mujer, empujarlas sin cuidado para que pudieran amoldarse al concepto hecho por una pobre experiencia. Pero – decía él también – tampoco la palabra experiencia era exacta. No había ya experiencias, nada más que costumbres y repeticiones, nombres marchitos para ir poniendo a las cosas y un poco crearlas. Más o menos, eso estuvo diciendo. (pp. 56-7)

In this passage Onetti is using the dramatic irony which can be applied to the stock figure of the over-confident hero, the most striking example of which in Western literature is given (again) in Sophocles: the Oedipus of *Oedipus Tyrannus*. In this play Oedipus the king, the hero, the victor of the terrible Sphinx which has ravaged Thebes, the triumphant husband of Thebes' queen, given to him for his exploits, is blind to what lies before him because he is unaware of his own identity. Oedipus has, unknow-ingly, and in the very process of trying to avoid the prophecy that he would slay his own father and marry his own mother, done those very deeds. When young we do not know who we are or what awaits us in life. 'Call-no man happy until he is dead', declared ancient pessimism, which saw life as an illness or a punishment for previous sins. Thus there are no grounds for the arrogance of the young. 'No digas: de este agua nunca beberé', says a Spanish proverb. 'Bob' does not know that he is fated to become 'Roberto', that is, the wreck of 'Bob'. Of course, where Sophocles is tragic, Onetti is merely pathetic because his characters lack the grand stature of Sophocles' Oedipus characters. But the message is the same.

In the end, the roles of the two men in Onetti's story are reversed, another irony that Sophocles would have relished, just as Oedipus, after mocking the blind seer Tiresias who knows (can 'see') that Oedipus is the source of the plague in Thebes because of the parricide and mother-incest he has unknowingly committed, becomes blind by his own hand (he pierces his eyes with the brooch-pin of his wife-mother, Queen Jocasta, on learning what crimes against nature he has perpetrated). Roberto, 'sunk in the dirty life of men', is the more or less passive victim of the older man he has previously tormented and whose last hope of happiness he has so arrogantly destroyed. The older man takes great pleasure in leaving him, in Onetti's gruesome words, 'entre los cadáveres pavorosos de las antiguas ambiciones, las formas repulsivas de los sueños que se fueron gastando bajo la presión distraída y constante de tantos miles de pies inevitables'. (p. 60)

The female in the story, as in so many of Onetti's, plays a secondary role. She is needed by the older man yet never really exists as an active element in the drama. The significant relationship in *Bienvenido, Bob* is between the two males and possesses a considerable homoerotic charge. Indeed, the whole tale might be described as an attempt at seduction (of Bob by the narrator) for whose failure a pleasurable and consolingly sadistic revenge is wreaked. Towards the end the narrator says of Bob/Roberto:

> Nadie amó a mujer alguna con la fuerza con que yo amo su ruindad, su definitiva manera de estar hundido en la sucia vida de los hombres. Nadie se arrobó de amor como yo lo hago ante sus fugaces sobresaltos, los proyectos sin convicción con que un destruido y lejano Bob le dicta algunas veces y que sólo sirven para que mida con exactitud hasta dónde está emporcado para siempre. No sé si nunca en el pasado he dado la bienvenida a Inés con tanta alegría y amor como diariamente doy la bienvenida a Bob al tenebroso y maloliente mundo de los adultos. (pp. 59-60)

From the very beginning of their relationship the older man has been attempting to attract the younger into giving him some kind of attention and respect, in a way that resembles courtship. Inés and Bob are similar enough physically for the narrator to be reminded of the other when he looks at one of them. And even more: 'acaso alguna noche lo haya mirado como la miraba a ella' (p. 54). During the time of this double courtship he caresses girls' hands in cafés whilst all the time thinking of Bob, and expounds cynical theories to make them laugh and Bob hear the laughter. He repeatedly, in one scene, plays a low (i.e. masculine) note on the piano, as if calling to Bob. But Bob ignores these advances and the narrator says, perhaps despairingly, that in those times he felt nothing but 'hatred and a shameful respect' for Bob. This 'duel' (the word is Onetti's), ostensibly for the heart of Inés, carries on for three or four months until Bob realises that the older man is serious about marrying his sister. At this point his attitude changes from one of dismissive irony to open hatred, and he screws himself up as far as to spit out his diatribe on the (inevitable) vices of the older male which render him unfit to marry Inés.

When Bob goes so far as to declare that he himself is unworthy of looking Inés in the eye, the older man responds with a humorous touch of cynicism which makes the reader examine more closely the exact nature of his feelings for the girl:

> 'Pobre chico', pensé con admiración. … Y yo pensaba suavemente si él caería muerto o encontraría la manera de matarme, allí mismo y en seguida, si yo le contara las imágenes que removía en mí al decir que ni siquiera él merecía tocar a Inés con la punta de un dedo, el pobre chico, o besar el extremo de sus vestidos, la huella de sus pasos o cosas así. (p. 57)

The narrator had hoped that Bob would recognise what he calls 'lo fundamental mío … un viejo pasado de limpieza que la adorada necesidad de casarme con Inés extraía de abajo de años y sucesos *para acercarme a él*', (p. 56, my emphasis). Marrying Inés is thus felt by the older man, obscurely, to be a way of regaining his lost youth and innocence which have evidently been buried under an accumulation of shameful compromises necessarily forced on him by the requirements, in his view, of existing in the world of experienced adults. In this sense perhaps Bob, therefore, is not totally unjustified in wrecking the projected marriage because, maybe if only semi-consciously, Inés is being used by the older man for rather selfish ends. Our underlining of the last part of the above quote is to reinforce the argument that the really desired relationship is that with Bob, who is viewed at one and the same time as a concrete person and a symbol of a better (because fresher and more idealistic) world.

The story, finely crafted as it is, has two weaknesses. Thirty (or even forty) is a rather early age for people, however ordinary, to go to the dogs. It is noteworthy that Onetti's first published book, *El pozo*, which contains in embryo many of the themes he was to deal with more fully throughout his literary career, came out when its author was thirty, as if he had by then left the world behind (as far as acting on it went) and had resigned himself to settling down merely to describe it. *El pozo* is a bitter, negative work, even within the Onettian canon. It may have been the fruit of a certain despair. Certainly, two of the major literary influences on him, Knut Hamsun and Céline, had provided him by that time with a justification for a gloomy view of the world. The second weakness concerns a point of more glaring inverisimilitude: it seems incredible that Bob/Roberto and the narrator should lose sight of each other for ten whole years, even in such a large city as Buenos Aires. In Latin countries, where males live their lives on the street and where everybody knows the doings and whereabouts of everybody else, such an occurrence is simply not plausible. But of course, from the point of view of the story, the ten-year-interval of time is necessary for 'Bob' to degenerate into 'Roberto'.

Otherwise, the story is written with care, skill and discretion. In all his best works Onetti displays a mastery of significant but unobtrusive detail. A great admirer of Proust, he knows how to weave a subtle tapestry of parallel and criss-crossing threads. For instance, the rigidity in the body of the older man when Bob enters the room on one occasion acquires a new significance when we come to the scene where Inés gives her refusal and her rigidity is noted twice. She has closed herself up (lost her spontaneity on allowing her feelings for the narrator to be damaged by the malice of her brother). She has become, in Onettian terms a *woman* (an *adult* female) and has made her entry into a world that is partly dead. Although, therefore, she in one sense moves away from the older man, up to the point of marrying someone else and leaving Buenos Aires, in another sense she has entered his world (by losing her innocence). That is why, after a brief period of anguish, the narrator loses all interest in her. Another delicate touch is shown in the use of the colour blue. Both Bob and Inés are blue-eyed. Since literary *modernismo* in Latin America (Rubén Darío, etc.) blue has been the colour of the ideal. This is reinforced by an inferiority complex regarding Anglo-Saxon culture (especially in the River Plate), in which blue eyes are associated with a supposedly superior race. Both Inés and her brother are desired by the narrator, whose physical characteristics are not given (he is not an object of desire). The narrator notices the blue sky over the square where Inés rejects him, as if Nature, as often happens in Onetti, were part of the hostile forces which defeat the Onettian protagonist. One of the pleasures involved in reading Onetti (nobody who wished to avoid suicide would read him solely for his 'message') lies in the subtleties of his prose, sometimes calm to the point of dreariness on the surface, but strangely beautiful, like a brown river bearing in patches the iridescences of an oil slick.

## Esbjerg, en la costa (1946)

The axle which turns all the cogs in the intricate mechanism of this masterly tale (without doubt Onetti's most accomplished piece of writing) is the motif of the *bet*. What is a bet? A permutation (combination) of disparate elements brought together to achieve gain. An example: a horse linked to a certain amount of money bet on it may lead to an increase in this money (if the horse wins). Another example: my spouse may be rich and clumsy. We have no children and I stand to inherit all his/her money if he/she dies. So I put a piece of soap on a dark staircase in the hope that he/she will slip on it and break their neck. In one case, a horse and some money are brought together; in the other, my spouse and a piece of soap. In both cases the architect of the gamble profits, but in the Onettian fable we are about to analyse the main bet fails and becomes a metaphor for man's failure to overcome oppressive circumstances and improve his life. Let us now examine the functioning of the bet motif as it displays itself on multiple levels in *Esbjerg, en la costa.*

What is narrated, principally, is the story of Montes's failed bet (actually a kind of shadow or reverse bet). Montes works for a man who is 'running a book', and decides to take the punters' money tor himself instead of handing it over to his boss for the latter to do what he needs to do with it as a bookmaker. With this stolen money he intends to make his wife Kirsten a gift: a trip to her homeland, Denmark, for which she feels nostalgic. Unfortunately, the horses on which the punters have bet win their races, and Montes finds himself having to disappoint Kirsten over her dream trip. This has the effect of embittering an already rather uneasy relationship: the narrator speaks of 'un mal humor distinto … que pienso no los abandonará hasta que se mueran' (p. 67). Moreover, Montes is obliged to pay his boss back (the boss is also the narrator of the tale) by working in the latter's office for more than a year without pay, after which he will be free 'para irse a buscar una cuerda para colgarse' (p. 62). Montes has been doubly sentenced, and therefore receives a double punishment for his misdemeanour. He joins the ranks of so many of Onetti's protagonists who look for a way out of the absurd impasse of their lives by taking an 'existential leap', only to end up sinking deeper into a mire of stagnation and frustration. Montes's existential act (his 'bet') is at one and the same time necessary and fatal for him. The logic of human existence, in Onetti's rather paranoid universe, usually brings about this result.

Almost all the characters in this story make some kind of bet:

*The anonymous callers*
The anonymous punters (anonymous in the sense that the reader does not learn their names) who telephone the office to place their bets and whose money Montes keeps for himself are, significantly, the only people who win their bets. They appear just as voices without any palpable bodily reality, ghosts rather than people, instruments of a fate that deals its blows onto two people of flesh and blood (Montes and Kirsten). These voices

18

are *necessary* to maintain a narrative verisimilitude (of which Onetti is a consummate master), since in any bet there must be a winner as well as a loser.

## The narrator

This character plays with the bets placed by his clients, on accepting them, and thus runs the risk of losing. But he tries to cover himself: 'si había mucho peligro – a veces se siente –, yo trataba de cubrirme pasando jugadas a Vélez, a Martín o al *Vasco*' (p. 66). The three latter characters are also part of the game, being other links in the chain (life in general may be seen as a chain of bets) and, following the rules, their winnings or losses are in inverse relation to those of the narrator.

The narrator's bets are conditioned bets, always. Of course, he has taken a risk, in a certain sense, in allowing a sufficient margin of trust to Montes to employ him in his office. But when Montes defrauds him, he will lose nothing, because he knows that Montes is a coward – 'estuvo sudando ese sudor especial de los cobardes' (p. 67) – and that he will agree to repay the debt. Far from taking a risk, the narrator 'covers himself' (just as he has laid off other bets onto Vélez, Martín and the *Basque*), when he uses Montes as a front man: 'a fin de cuentas, si aquel imbécil no hubiese tratado de robarme, los tres mil pesos tendrían que salir de mi bolsillo' (p. 62).

Who exactly is the narrator? He is a middleman (a manipulator of other people and the other in general) by profession. (For this reason he is 'the narrator', whose version of the story we are reading). It is characteristic of middlemen that they risk as little as possible. And thus Montes knows that it is absurd, in order to pay off his debt, to go to him for help or to 'credits in banks' or 'moneylenders' (p. 66). None of these individuals or corporate entities will bail Montes out. On the contrary, their function consists of protecting themselves, hiding away.

The narrator, moreover, is a middleman in many senses and on many levels. He is a bookmaker hiding behind a trader's façade – 'tengo esta oficina de remates y comisiones para estar más tranquilo, poder recibir gente y usar los teléfonos' (pp. 62-3). And the office is situated in a port (a place for transactions on a larger scale). Apart from this, in the same way as the narrator, when sensing danger, tries to lay off the punters' bets on Vélez, Martín or the *Basque*, on finding out about Montes's little fraud he immediately stops using Montes and passes him to Serrano, 'que es mi socio en algunas cosas y tiene el escritorio junto al mío. Serrano le paga el sueldo o me lo paga a mí' (p. 63). Serrano/Montes, interchangeable pieces in the game of this middleman/narrator: we know that *Montes*, before the fraud, was a 'friend' of his, in the same way that *Serrano* is his 'partner' (notice the similarity in meaning of the two surnames).

The middleman/manipulator, then, 'covers himself' constantly, or tries to. He also does this in his specific role as the narrator of the story *Esbjerg, en la costa*. On this level he appears before the reader as a manipulator of materials which are not his, because they have already been given to him: the 'events' of the story, which he has to piece together to make a meaningful whole, although he is doubtful about the reality of some of them and unsure about the motives of the characters. For example, 'a esta hora (Montes y Kirsten) *deben estar caminando* en Puerto Nuevo'; 'Me lo *imagino* (a Montes) pasándose los dientes por el bigote' (p. 61); *No sé* cuánto habrán llorado'(p. 67), etc. He may, at times, declare a certainty which by its very existence points in the other direction; '*Sé* que están allí (p. 61); '*Estoy seguro* de que Montes tuvo una corazonada' (p. 66), etc. (my emphasis in all cases.) Such observations question the meaning of the story as a whole, since the narrator is in many places unsure of the 'truth'. Thus he appears to give us something of value but really only hands over uncertainty. He neither gives out anything substantial or gives himself away. It is significant that, on this level, the explicit act of betting is relegated to a *future conditional:* 'apost*aría* mucha plata a que en esto miente: jug*aría* a que lo hizo en un momento cualquiera' (p. 66, again, my emphasis). So that neither on one level (that of the character participating in the story), nor on another (as its narrator), does he really bet.

He exhibits an attitude of apparent frankness with respect to the reader, trying in several ways to be believed, in the same manner that, as an actor in the fiction he is narrating, he has sought, successfully, to persuade Montes and Serrano to work for him. And into these traps (implies Onetti) will fall all those incautious enough to act/read by just paying attention to the surface of things, that is to say, the 'superstructures' or 'ideology' of discourse or 'events'. The act of reading, no less than any other vital act, in order to be a true *act* (and not a mere reception of somebody else's manipulation), supposes that one takes control of the *mechanisms* of the object that one wishes to deal with (the text), and makes it function by oneself and for one's own benefit, by making gains (reaching meanings) from it which are not apparent in the order and manner in which it is presented to us, the readers.

Even more points of contact can be seen between the two levels at which the narrator of *Esbjerg en la costa* functions. As an actor in the tale he occupies an ordering, central position: an *office* located in the *centre* of a *port–city*. We read that Serrano has Montes 'todo el día de la aduana a los depósitos, *de una punta a otra de la ciudad*' (p. 63, my emphasis). We also note that the *central* incident of the story, Montes's failed bet, takes place in this office. An office: a place where nothing material is produced, where only symbols of real merchandise are handled (bills, letters, accounts, etc.) Once more we contemplate the narrator – in his activity as a character in the story – imitating, almost parodying, the task of the writer.

Even his temperament relates him to the 'writer': he is a solitary being, a spectator or even a *voyeur*. His ill humour and cynicism: the insults, veiled or open, always sadistic, that he directs at Montes; his sceptical vision of women (the 'other' by definition) as a simple category of human being – '"No tengo nada", decía (Kirsten), como dicen todas las mujeres en todos los países' (p. 63) – , coupled with a few touches of real compassion for humanity: 'la suerte, tan amiga de sus amigos, y sólo de ellos' (p. 62); 'la sensación de que cada uno está solo, que siempre resulta asombrosa cuando nos ponemos a pensar' (p. 68), remind us of the psychology of so many other Onettian narrators and also of the personality of Onetti himself.

In a certain way, of course, this narrator, a mirror of the writer in general and of Onetti specifically, functions as a screen for Onetti to elude the 'bet', in the sense that the narrator cannot legitimately be identified with the author himself.

## Montes

Montes is the person who makes the 'purest', most 'exposed' bet, since he does not even really try to 'cover himself'. By exposing himself in this way he reveals himself as the most ingenuous of the characters and, therefore, as the person who will lose most. In fact, what he tries is a double bet (a kind of simple 'accumulator', as chains of bets are known in racing circles). In the first place, he gambles on the possible poor quality or form of the horses on which the telephone voices have placed their money: this is the basic bet. Then he gambles with his wife's longing to go to Denmark; this constitutes the secondary bet, but it is the one whose consequences are, paradoxically, more serious. As a result of all this, in the first case he merely has to earn the money the punters have won by working without pay for a little more than a year and in the meantime put up with the snide remarks and insults of the narrator, whilst in the second he must disappoint his wife and see how his relations with her are embittered *for ever*. The previous compassion he has felt for her – 'quería protegerla como a una nena perdida' (p. 64) – turns into a temptation to murder her:

> Me lo imagino pasándose los dientes por el bigote mientras pesa sus ganas de empujar el cuerpo campesino de la mujer y hacerlo caer en esa faja de agua, entre la piedra mojada y el hierro negro de los buques donde hay ruido de hervor y escasea el espacio para que uno pueda sostenerse a flote. (p. 61)

This happens (in the narrator's mind) when Montes feels obliged to accompany her to the same place (the port) which had previously given him some degree of hope: Kirsten's trip 'lo ayudaría a vivir y serviría para consolarlo durante años' (p. 65). Now the port represents the opposite: the impossibility of her making the journey. Moreover, Montes has to depend completely on her, 'porque están viviendo con lo que ella gana' and accept 'su turno de molestarla a ella con su mal humor' (p. 67). Montes's failed bet has in fact led to an exchange of roles between himself and Kirsten. Now she is the active element and he the passive. She is now the 'man'. Is this why Onetti points out that she wears men's shoes?

It is no surprise, therefore, to read that 'el pobre diablo debe sentir que se va metiendo en la noche del brazo de la desgracia' (p. 61), since what drags him to the port is Kirsten: Kirsten is his 'desgracia'. And it has all happened because Montes did not know how to 'cover himself', 'lay off' the bet. Certainly he plunged straight into a risk when hoping the punters' horses would lose, although in the case of Kirsten's trip he did make a half-hearted attempt at covering his tracks, telling her, that 'iba a suceder algo muy importante y muy bueno; que había para ella un regalo que no podía ser comprado ni era una cosa concreta que pudiese tocar' (p. 67), which constitutes a very poorly veiled allusion to the journey. In this both Kirsten, the 'nena perdida', and Montes act like innocent children. They thus earn their misfortune, in the opinion of the narrator.

For this reason (and others) the latter calls Montes an 'imbecile', despite the fact that, as always happens in Onetti's words, there exists – for those characters who are not merely spectator-figures – not the slightest possibility of choosing and thus avoiding being duped by circumstances. The combination of his wife's nostalgia, Montes's own sentimentality and silly game-playing – he intends to tell Kirsten that he has managed to get the money 'una noche de sábado, de sobremesa en un restaurante caro, mientras tomaban la última copa de buen vino' (p. 65) – plus his desire to get rid of her (at least temporarily), ineluctably decides Montes's downfall. If to all these factors we add the 'ataque de confianza' (p. 66) that seizes him in the office and propels him to commit the fraud, we shall see that Montes could not act in any other way. He is destroyed by a permutation of events which had been plotted somewhere outside his control. Even Montes's psychological weaknesses may be included in this category, because everybody's personality is constructed for them.

### Kirsten

By crediting her husband's veiled promise Kirsten lacks due caution, since there are indications that Montes does not expect her to take it seriously. Of course, the mere fact of their being married (and especially because this is a marriage of two people so incongruously different) is a kind of unjustified risk, in the jaundiced eyes of the narrator. Perhaps this is why it is not stated anywhere that they have any offspring. Kirsten's nostalgic image of Denmark reveals, also, a decision to overlook the reality of that country, since the news she receives from there (in letters) is 'not very good' (p. 63).

Let us now turn our attention to another level of 'permutations', as they appear in *Esbjerg, en la costa*.

### Kirsten/Montes: a failed permutation

By the mere fact that Kirsten and Montes are a (married?) couple, their possibilities for lasting happiness, in the Onettian world, are almost nil. For this writer, who focuses on unadapted, solitary and even solypsistic individuals, the man/woman pairing presents a peculiarly insoluble contradiction. In this specific case, moreover, we are confronted with a couple made up of two people who even as *individuals* are incongruous and ill-adapted.

Kirsten, the foreigner, cannot be comfortable, either psychologically or physically, in the River Plate town where she lives. She wants to move (temporarily, she says) to her native Denmark to satisfy her nostalgia for Europe and her youth. She possesses a 'cuerpo *campesino* ... engordado en la *ciudad* y el ocio'; she is a big, strong woman with yellow hair who 'tal vez llegará a tener el olor inmóvil de establo y crema que imagino debe haber en su país' (p. 61, my emphasis). There is something manly about her – she is tall and wears men's shoes. She is 'más pesada que él [Montes], más fuerte', and yet is seen as 'una nena perdida' (p. 64).

Montes, 'bajo ... nervioso' (p. 61), is a small, local man who allows himself to be insulted and humiliated, appearing like 'un perro, con la cara verde y un brillo de sudor enfriado, repugnante, en la frente y en los lados de la nariz' (p. 63), 'un pobre hombre, un sucio amigo, un canalla y un ladrón' (p. 62). Even his name is somehow ill-fitting: he is a low (and short) *Montes*. An individual without the courage to 'jugarse ... el viaje de su mujer contra un tiro en la cabeza' (p. 66), in the contemptuous eyes of the narrator, since to shooting himself he prefers in the end the slow suicide of being the embittered companion of a disillusioned woman. He is a 'mountain' married to a 'coast' – 'Esbjerg er naerved *kysten*', says *Kirsten*, who wants to move away to the *coast* of Denmark (p. 64, my emphasis).

This is a failed marriage (or informal marriage), therefore, between two people who are uncomfortable, at the very least, with each other: we see Kirsten 'disputándole la cama sin saberlo', and Montes wishing vaguely to be rid of her.

23

Perhaps the fact that Kirsten wears shoes without heels could be interpreted to mean that she possesses an unconscious desire to diminish the physical distance that separates her from her small husband, though the image may carry other connotations. In any case, we are faced with an *incongruous* couple who try out different combinations for putting their uneasy relationship to rights and in so doing deepen the problems of this relationship, which become exacerbated and *permanent*. A relative claustrophobia has turned into an atmosphere of *near-absolute* suffocation. And all because both of these characters tried to liberate themselves. For Onetti, the existential leap, so necessary for avoiding death-in-life, is not merely futile but also counter-productive. To dream of 'the other' is dangerous, because it may lead to irredeemable blunders.

*The inauthentic permutations of dreaming*

Kirsten is seeking a way of returning to Denmark. But what is it that she truly desires? 'En realidad no era Dinamarca; sólo una parte del país, un pedazo muy chico de tierra donde había nacido, había aprendido un lenguaje, donde había estado bailando por primera vez con un hombre y había visto morir a alguien que quería' (p. 65). She wants to relive her youth, feel 'new' again. Ironically, she is already situated in 'the new', in 'Puerto Nuevo', which of course is a port on the American continent and thus doubly 'new'. 'Esbjerg er naerved kysten', she says, but the River Plate town where the story unfolds is also on a coast. Kirsten is really looking for something she already has, but *a better version of it*. She is trying to find herself (Kirsten/kysten) through a more satisfactory sexual situation, through a new 'Montes'.

This is borne out by the derisive words of the narrator which, moreover, suggest the inauthentic nature of her quest. We read that she 'se dedicó a llenar la casa con fotografías de Dinamarca, del Rey, los ministros, los paisajes *con vacas y montañas* o como sean' (p. 63, my emphasis), and that 'Kirsten es gruesa, pecosa, endurecida … . tal vez llegará a tener el olor inmóvil *de establo y crema* que imagino debe haber en su país' (p. 61, my emphasis). In fact, the cows of the remembered or imagined, landscape are *her*, and the mountains are other *Montes* who are more fulfilling to her. Now the meaning of the 'camino en el monte por donde se va a la iglesia' (pp. 63-4) can be understood: Kirsten needs a more authentic, more 'sacred' relationship with a man, even if only unconsciously.

She dreams of Esbjerg (*bjerg* meaning mountain, 'monte'), where 'los árboles eran más grandes y más viejos que los de cualquier lugar del mundo' (p. 64). These trees, with their obvious phallic connotation, are other 'Montes' which are 'más grandes y más viejos' (Montes is short and

24

American, and so 'new'). In addition, Montes is identified by Kirsten with America in an almost explicit way, since she assures him, at one point, although rather unconvincingly, that she was 'enteramente feliz con América y con él' (p. 64). Kirsten also informs Montes that 'en Dinamarca no hay ladrones' (p. 64), that is to say, in America there *are*: Montes the American *is* a thief (if only potentially at this moment), since he is about to steal the money bet by his boss's customers, after which his boss will brand him openly as a 'thief'.

However, Onetti's sleight of hand in the construction of multiple meanings from his text does not stop there, but rather acquires a giddy momentum. The trees in Esbjerg 'tenían *olor*, cada árbol un olor que *no podía ser confundido, que se conservaba único aún mezclado con los otros olores de los bosques*' (p. 64, my emphasis). Montes, far from resembling a fine, upstanding 'tree', is short and does not 'smell' good, since he will be accused of being 'un sucio amigo, un canalla' (p. 62). Neither is Montes 'único': he is *plural* (being Mont*es*, one among many indistinguishable little men), and lives in the more or less dirty world of shady dealings (the betting in the office), and participates in them. His 'smell', unlike those of the Danish trees, is not particularised, but mixes with the other smells in his office of grubby transactions.

In Denmark, according to Kirsten 'podían dejarse las bicicletas en la calle, o los negocios abiertos' (p. 64). We have a strong suspicion that, in contrast, it is dangerous for a woman in the area of the River Plate to leave her man (or bicycle, shaped like the 0-0 of a man's testicles) on the street. And we already know something about the *closed* (not open) businesses of the region, because the narrator has informed us: 'Tengo esta oficina de remates y comisiones para estar más tranquilo, poder recibir gente y usar los teléfonos' (pp. 62-3). The office is a front for a bookmaker's.

In Denmark 'se oía *el ruido de las escopetas* de los cazadores' (p. 64, my emphasis). Here is another phallic symbol: shotguns. Kirsten's description of Denmark takes place while she is in bed with Montes, who is asked to listen carefully to what she is saying: 'El dijo que sí, y se mantuvo estirado, inmóvil al lado de ella, dejando caer ceniza de cigarrillo en el doblez de la sábana, con la atención pronta, como un dedo en un gatillo, esperando que apareciera un hombre' (p. 64). Here we have, on the one hand, *shotguns* belonging to Danish *hunters* (two symbols of virility), and on the other an *imaginary* pistol (in Montes's posture) plus its poor substitute in the real world: a *cigarette* with *ash* on the end (drooping dead and impotent to fall, finally, in the 'doblez de la sábana'). The word 'doblez' has here a primary meaning of 'fold' or 'crease' in the sheet, but there is a secondary meaning lurking behind it: 'duplicity', suggesting inauthentic, unsatisfactory or deceitful sexual relations. And of course

25

there is the possibility, in Montes's mind but probably also in Kirsten's subconscious, of 'another man'.

If, in addition, we return to the passage where Kirsten remembers her first dance with a man, in other words when she feels nostalgia for her first sentimental/sexual relationship with a man (in notable contrast to her present situation of frustration at being coupled to an ordinary little man indistinguishable from other ordinary little men), we shall be fully aware of the erotic charge contained in her illusions about returning to Denmark.

It is a question therefore, of fleeing an unsatisfactory sentimental/ sexual tie, from a continent in which she has not settled down. But in Denmark she will find the same (despite her illusions): everything will be, probably, as mundane as in the River Plate town she inhabits with the mundane Montes. This, at least, is the suggestion she receives in the letters from Denmark, according to the mocking narrative voice. Her dreaming (all dreaming?) is merely an attempt to mask a general banality.

*More permutations*
*Kitchen/restaurant:* The first attempts by Kirsten to indicate her problem take place in the *kitchen* of the couple's house: 'El, Montes, volvió a su casa en un anochecer de ésos, y encontró a la mujer sentada al lado de la cocina de hierro y mirando el fuego que ardía dentro.' Then the narrator invites the reader, tacitly, to work out the significance of this scenario: 'No veo la importancia de esto; pero él lo contó así y lo estuvo repitiendo' (p. 63). Kirsten eventually explains a little more about her worries and Montes conjures up in his mind another scenario for giving his wife what she wants:

> Conseguir los dos mil pesos y decírselo a ella una noche de sábado, de sobremesa en un restaurante caro, mientras tomaban la última copa de buen vino. Decirlo y ver en la cara de ella un poco enrojecida por la comida y el vino, que Kirsten no le creía. (p. 65)

But the punters' horses win their races, unfortunately, and Montes

> despues se sintió obligado a hablar con ella y contarle la desgracia; no fue en el reservado del Scopelli, ni tomando un *Chianti* importado, sino en la cocina de su casa, chupando la bombilla del mate mientras la cara redonda de ella, de perfil y colorada por el reflejo, miraba el fuego saltar adentro de la cocina de hierro. (p. 67)

The kitchen of the house; an expensive restaurant; then back to the kitchen. That is to say: *reality*, rather sordid and routine; *illusion*, *dreaming*; then the *return to reality*. And within the kitchen (*cocina*), another 'cocina' (the iron stove), where an illusion is forged, a passion (symbolised by the fire), which Montes projects into the fine meal, accompanied by foreign wine, in a private part of a foreign restaurant. But there is to be no fine meal in *Scop*elli's (which reminds us of '*escope*ta' and Kirsten's lost illusion of male virility), only the banal *mate* and the need to forget the dream. The fire in the kitchen, reflected on Kirsten's red face, becomes a merely ironical background to the couple's cruelly disappointed hopes.

*The permutations of time and the weather:* Onetti also plays (makes combinations) with the days of the week, the hours of the day and the seasons of the year. Montes's failed bet is associated with Saturdays and Sundays: 'Algún sábado o un domingo se encontró pensando en el viaje de Kirsten mientras estaba con Jacinto en mi oficina atendiendo los teléfonos y tomando jugadas para Palermo o La Plata' (p. 66). *Saturdays and Sundays*: days for horse-races and bets on them, holidays, *free* days, outside routine, and suitable apparently, for existential leaps. But after comes *Monday* – normality, the usual grind again. Montes admits to his fraud and his failure on a *Monday morning* (p. 62) or, following a slight modification in the narrative detail, 'en el mediodía del lunes' (p. 67).

Morning (or midday)/reality, against night, nightfall (or evening)/ hope, hope born in a *darkness* hiding reality: 'El, Montes, volvió a su casa en un anochecer de ésos y encontró a la mujer sentada al lado de la cocina de hierro y mirando el fuego que ardía dentro' (p. 63).

> Algunas noches, cuando pensaba en la *oscuridad* en los dos mil pesos, en la manera de conseguirlos, y en la escena en que estarían sentados en un reservado del Scopelli, un *sábado*, y con la cara seria, con un poco de alegría en los ojos empezaba a decírselo, empezaba por preguntarle qué día quería embarcarse; algunas noches en que él soñaba en el sueño de ella, esperando dormirse, Kirsten volvió a hablarle de Dinamarca. (p. 65, my emphasis)

The theft in the office (the fatal error) also happens one evening/ afternoon ('tarde'). Afterwards, nothing matters any longer, there are no signs of hope at any hour or on any special day: Kirsten 'se acostumbró a estar fuera de su casa durante horas que nada tenían que ver con su trabajo; llegaba tarde cuando se citaban, a veces se levantaba muy tarde por la noche, se vestía y se iba afuera sin una palabra' (p. 67); 'otras veces [that is, apart from the 'tarde' mentioned in the very first paragraph of the story] tienen que ir al muelle a medianoche o al amanecer' (p. 61).

It is useless, and even counter-productive, to seek a meaning or even a helpful sign in the natural forces of the universe surrounding man. To believe the contrary is merely to reveal the human capacity for self-deception. They may be, moreover, an evil conspiracy to lead mankind into error. We have already observed the possibility, in the narrator's mind, that the fatal bet may have been provoked by an 'attack of confidence' suffered by Montes. We have already been told that the scenario for the mistake has been carefully prepared by the weather and the time of year, since everything happens

> junto con el invierno, con los primeros fríos secos que nos hacen pensar a todos, sin darnos cuenta de lo que estamos pensando, que el aire fresco y limpio es un aire de buenos negocios, de escapadas con los amigos, de proyectos enérgicos; un aire lujoso, tal vez sea esto. (p. 63)

*Esbjerg, en la costa*, then, or a play of permutations. Kaleidoscopic movements of pieces inside a suffocating framework which cannot be burst asunder, emblematic of a circular and absurd world. The only 'freedom' granted to humanity here is in pretences of power, 'existential leaps' towards a supposed liberty but in fact towards an insertion into a definitive prison. And narration: a lack-lustre and cunning whiling-away of the time until inevitable oblivion, the definitive non-significance. The only consolation is that victory achieved at the end of the series of 'daily defeats', through the communication of the certainty of uncertainty. Such are the parameters of the Onettian cosmos, of which *Esbjerg, en la costa* is a representative scenario.

## El infierno tan temido (1957)

*El infierno tan temido* relates the revenge enacted by a young woman of twenty, an actress called Gracia César, on Risso, a widower of forty whom she has recently married and by whom she has been repudiated. The reason for Risso's rejection of her is that whilst on tour with her theatre company she has had a one-night affair with another man, in the innocent belief that this will in no way affect the love between herself and Risso. On her return she tells her husband, and he perversely makes her re-enact the scene of adultery, after which he goes off to seek a divorce. Gracia César then leaves the town where they are living (Santa María) and from abroad starts to send Risso photographs depicting her about to be sexually possessed by a man, who is always different. She sends the first photos to Risso himself and later on to the townspeople. When one arrives at the convent school where his daughter is being educated, Risso commits suicide by taking a massive overdose of sleeping tablets.

Risso is the racing correspondent of the local newspaper *El Liberal*, and the story is told by two of his acquaintances. The first of these, who tells the bulk of the tale, is anonymous, one of a group of cronies who have been discussing the relationship between the couple, which from the start they have perceived as ill-fated. The second narrator, who closes the story by relating the arrival of the last letter and Risso's suicide, is (unlike the first, who appears to make efforts to be impartial and understand exactly

28

what has been happening between the two protagonists) very hostile to Gracia César, calling her a 'yegua' (whore). This narrator is an old, weary Spaniard who has been Risso's colleague on the newspaper. Thus the story is seen from two rather dissimilar points of view, and the reader is left to make up his own mind (as usual in Onetti), and tempted to speculate on the difficulties inherent in all relationships between men and women, which is the real theme of this short story.

Indeed, the implication is that all human emotions and relationships are riddled with complexities and subtle interplays between surfaces and depths which are impossible to describe in all their nuances. And the public or professional rhetoric which purports to deal with these situations will distort their reality to a grotesque degree. Examples of this crude rhetoric are shown in the stilted discourse of the lawyer whom Risso consults about the divorce and, more indirectly, in the violence of the old Spaniard's diatribes against Gracia. It is ironic that Risso's job has involved him in churning out the specious journalese of a racing column and that Gracia herself is advertised on the town billboards with all the false glamour that is felt necessary for attracting people to the theatre in Santa María.

From the very start Onetti establishes a counterpoint between these crude discourses and the ever-evolving complexity with which the series of photos affects Risso. At the beginning Risso is portrayed typing out a report on a horse-race in which there has been an objection to the winner, a report which glibly asserts its own objectivity. Risso feels very much at ease with his job, and we see him late at night in the newspaper office, rather hungry and a little queasy through too much coffee and too many cigarettes (it is just before the deadline), 'entregado con familiar felicidad a la marcha de la frase y a la aparición dócil de las palabras' (p. 69), immersed contentedly in his shallow task. In the midst of this comfortable routine the bombshell hits him in the form of the first snapshot: 'Vio por sorpresa, no terminó de comprender, supo que iba a ofrecer cualquier cosa por olvidar lo que había visto' (p. 70). The photos continue to arrive, and the tension of the narrative depends on the way that Risso tries to adjust to these blows and palliate his desperation. Just before the end, and when Risso is appearing to come to terms with what is happening to him and even feeling that some kind of reconciliation is possible (he thinks of finding out where Gracia is living, ringing her up or (more recklessly) going off to be with her again), he settles down again comfortably to tell the readers of his column (as if in confidence) about the injuries incurred by some thoroughbred, slipping once more into the easy discourse of superficiality. But then a photograph arrives at his daughter's convent school (with the distinct possibility that his daughter has been meant to see it), and he is driven to take his life.

The bogus truths offered by journalism (and publicity agencies such as the one in *La vida breve* from which Brausen is so summarily dismissed) no doubt reflect Onetti's own experience of (and disillusionment with) such *loci* for generating specious fodder for public consumption. In *El infierno tan temido* Risso's newspaper colleagues are cynically aware that their reports bear little resemblance to 'the truth' and that their jobs consist mainly of filling blank space with something. 'Partidarias' ('Political News') says: 'ya es medianoche y decime con qué querés que llene la columna' (p. 69), whilst 'Sociales' ('Society News') remarks jokingly about a society wedding she is supposed to write up: 'No conozco más nombres que el de los contrayentes y gracias a Dios. Abundancia y mal gusto, eso es lo que había. Agasajaron a sus amistades con una brillante recepción en casa de los padres de la novia. Ya nadie bien se casa en sábado' (p. 70). The first three of Risso's colleagues (in fact all of them except the Spaniard, Lanza) are merely called by their functions: 'Partidarias', 'Sociales' and 'Policiales' ('Crime'), as if their own personalities did not matter. Risso does, however, fix his regard on 'Sociales', a 'madura mujer' who flirts with him. But he has just received the first of Gracia's photographs and must unconsciously contrast her with the twenty-year-old actress. In Risso's eyes 'Sociales' appears as a human wreck:

> Risso la miraba desde arriba. El pelo claro, teñido, las arrugas del cuello, la papada que caía redonda y puntiaguda como un pequeño vientre, las diminutas, excesivas alegrías que le adornaban las ropas. 'Es una mujer, también ella. Ahora le miro el pañuelo rojo de la garganta, las uñas violetas en los dedos viejos y sucios de tabaco, los anillos y pulseras, el vestido que le dio en pago un modisto y no un amante, los tacos interminables tal vez torcidos, la curva triste de la boca, el entusiasmo casi frenético que le impone a las sonrisas. Todo va a ser más fácil si me convenzo de que también ella es una mujer.' (p. 70)

This portrait is as ferociously cruel as Onetti's depiction of the ageing prostitute Mami, in *La vida breve*. Onetti's males are repelled by women who are past their best (although Mami's ex-lover Stein is sardonically quixotic in her defence). Perhaps the figure of 'Sociales' is also meant to convey the general *spiritual* bankruptcy of the newspaper office, brought on by the daily grind of a mendacious routine.

The second *locus* of inauthenticity in this story is the world of the theatre. Gracia César first appears not in person but as a publicity picture on billboards:

> Por aquel tiempo, ella estaba mirando a los habitantes de Santa María desde las carteleras de El Sótano, Cooperativa Teatral, desde las paredes hechas vetustas por el final del otoño. Intacta a veces, con bigotes de lápiz o desgarrada por uñas rencorosas, por las primeras lluvias otras, volvía a medias la cabeza para

mirar la calle, alerta, un poco desafiante, un poco ilusionada por la esperanza de convencer y ser comprendida. Delatada por el brillo sobre los lacrimales que había impuesto la ampliación fotográfica de Estudios Orloff, había también en su cara la farsa del amor por la totalidad de la vida, cubriendo la busca resuelta y exclusiva de la dicha. (p. 71)

It should be noticed how these images have been defaced both by people and by the weather, in a two-pronged attack on the picture that Gracia César's face is trying to compose, of Hollywood-style bogus faith and optimism.

Before meeting, both Risso and Gracia César have felt the need to lead more fulfilling lives. Risso needs to escape from his solitude and bitterness and the ultimate dissatisfaction that weekly visits to a brothel leave him with, whilst Gracia César wishes to have an area of her life uncontaminated by the theatre:

Ella imaginó a Risso un puente, una salida, un principio. Había atravesado virgen dos noviazgos – un director, un actor –, tal vez porque para ella el teatro era un oficio además de un juego y pensaba que el amor debía nacer y conservarse aparte, no contaminado por lo que se hace para guardar dinero y olvido. Con uno y otro estuvo condenada a sentir en las citas en las plazas, la rambla o el café, la fatiga de los ensayos, el esfuerzo de adecuación. Presentía su propia cara siempre un segundo antes de cualquier expresión, como si pudiera mirarla o palpársela. Actuaba animosa e incrédula, medía sin remedio su farsa y la del otro, el sudor y el polvo del teatro que los cubrían, inseparables, signos de la edad. (pp. 71-2)

Amidst her emotions concerning Risso there is the suggestion that she has felt sorry for him (he is obviously going to seed). And so the forty-year-old male who is angry at life and the twenty-year-old virgin actress get married. A recipe for disaster, think the first narrator and his cronies, and so it turns out. Risso makes her the object of his lust, 'sin pensarlo, sin pensar casi en ella', by giving over to her 'la furia de su cuerpo, la enloquecida necesidad de absolutos que lo poseía durante las noches alargadas' (p. 71).

Gracia's feelings for Risso, as becomes a woman, have always been more complex:

Pensó en el amor la primera vez que estuvieron solos, o en el deseo, o en el deseo de atenuar con su mano la tristeza del pómulo y la mejilla del hombre. También pensó en la ciudad, en que la única sabiduría posible era resignarse a tiempo. Tenía veinte años y Risso cuarenta. Se puso a creer en él, descubrió intensidades de la curiosidad, se dijo que sólo se vive de veras cuando cada día rinde su sorpresa. (p. 73)

31

After the wedding she finds that she now needs the theatre as an escape or pause from Risso, as

un mundo separado de su casa, de su dormitorio, del hombre frenético e indestructible. No buscaba alejarse de la lujuria; quería descansar y olvidarla, permitir que la lujuria descansara y olvidara. Hacía planes y los cumplía, estaba segura de la infinitud del universo del amor, segura de que cada noche les ofrecería un asombro distinto y recién creado. (pp. 73-4)

Risso also believes in the totality and infinity of their love, and tells her, naïvely, that 'absolutamente todo puede sucedernos, y vamos a estar siempre contentos y queriéndonos. Todo; ya sea que invente Dios o inventemos nosotros'(p. 74). Gracia evidently takes this childish piece of rhetoric literally, and when she goes to bed in El Rosario with the stranger she cannot see how this act will impinge on the love between herself and her husband, since 'fuera de ellos, fuera de la habitación, se extendía un mundo desprovisto de sentido, habitado por seres que no importaban, poblado por hechos sin valor' (p. 77). After making her re-enact the scene Risso merely smiles and goes off to consult a lawyer (Dr Guiñazú), who shortly afterwards, when Gracia has left Santa María, tries to help Risso with a crass example of divorce-court jargon:

– No se preocupe – dijo Guiñazú – . Conozco bien a las mujeres y algo así estaba esperando. Esto confirma el abandono del hogar y simplifica la acción que no podrá ser dañada por una evidente maniobra dilatoria que está evidenciando la sinrazón de la parte demandada. (p. 79)

One is reminded of the equally cold, crude and unfeeling language of the forensic report on the young girl's murder in *La cara de la desgracia* (see below).

The reader is compelled to admire the fine counterpoint of the structure of this story, where Onetti weaves into the basic narrative (the arrival of the photographs and Risso's anguished struggles to comprehend and come to terms with Gracia's vengeance) the story of their relationship previous to the rupture. Onetti is a master at spreading his information throughout the narrative, so that only after several readings can we ourselves, shadows of Risso himself (it is mainly, though indirectly, through his eyes that the tale unfolds), reach some kind of conclusion about the complexities of human feeling and behaviour, which are ultimately enigmatic. Not for nothing was Onetti a great reader, in his teens, of the Norwegian writer Knut Hamsun, whose finest novel was entitled precisely *Mysteries* and dealt similarly with the struggles of an individual human soul to comprehend the seemingly arbitrary cruelties of human intercourse .

Risso is savagely tormented by the photographs, even though he does not see all of them (some of them reach him but he tears them up without looking at them, some are addressed to other people and he may or may not see them). The first shows Gracia César headless (Onetti does not state whether her head is hidden by other objects or whether it has been cut off by the camera angle: a typical example of this writer's carefully plotted vagueness in certain areas of his narration, as if to deny the reader a full comprehension of what is occurring or has occurred), and Gracia's aim seems to be to remind Risso of his furious sexual possession of her *body*. Risso, or rather the narrator through Risso, is led to speculate on whether Gracia's hatred does not contain some seeds of love, 'un mensaje de amor', and Risso 'se sintió indigno de tanto odio, de tanto amor, de tanta voluntad de hacer sufrir' (p. 73). Each photograph increases his pain, as if in *crescendo*: an obvious musical analogy would be Ravel's *Bolero*, whose final climax is a raucous fanfare (Risso's suicide?) The third picture shows Gracia on all fours (again, the reader is left to speculate on what this means) and Risso extrapolates from his pain a general existential anguish, feeling a pity 'por ella, por él, por todos los amantes que habían amado en el mundo, por la verdad y error de sus creencias, por el simple absurdo del amor creado por los hombres' (p. 74).

Other people begin to receive the photographs, the cruelty of which becomes grotesque as if they no longer had anything to do with Gracia and Risso. Risso starts to believe that the Fury who is putting him on the rack is the same young woman who had caressed his daughter and sent him 'largas y exageradas cartas en las breves separaciones veraniegas del noviazgo' (p. 79). In other words, he believes he can begin to understand *why* all of this is happening. Interestingly, the pictures that arrive from Lima, Santiago and Buenos Aires show Gracia as slightly older, fatter and more sure of herself, as though in the process of her terrible revenge she has turned from a girl scarcely out of her teens into a mature woman, through Risso's fault. When Risso's mother-in-law, his dead wife's mother and therefore the grandmother of his daughter, receives a photo, he has another hatred to cope with since she looks at him to discover 'el secreto de la inmundicia universal, la causa de la muerte de su hija, la explicación de tantas cosas que ella había sospechado sin coraje para creerlas' (p. 81).

Later on, Risso peers out of his bedroom window and sees reflected in the town windows the mingling of the 'milky mystery of the heavens' with the 'mysteries of men's lives, their urges and their customs' (p. 82). (To demonstrate how difficult this writer often is to render into English, 'heavens' ('cielo') could also be translated as 'sky'; 'urges' ('afanes') could be 'desires', 'drives', ambitions', etc.; and 'customs' ('costumbres') could equally be 'habits'.) What is being suggested in these passages is a mingling of two distinct worlds whose relationship is unclear. In other words, the 'meaning' of our lives is hard, maybe impossible, to discern. But human beings need a meaning, and Risso now believes he has hit upon an understanding of what Gracia is doing. Or rather, as Onetti puts it, 'understanding was happening to him' ('la comprensión ocurría en él') (p. 82). In the Onettian universe, as in that of the ancient Greeks, emotions or states of consciousness come not from within people but from outside, as if people were the helpless recipients for whatever what used to be called 'the gods' wish to pour into them.

Risso 'sees' death and 'friendship with death', and feels an 'ensoberbecido desprecio por las reglas que todos los hombres habían consentido acatar, el auténtico asombro de la libertad' (p. 82). Death is showing itself to him as a temptation because of the freedom it offers, allowing him a bolt-hole from a world which is punishing him for his mistakes. 'The way out is through the door', as the Zen directive has it. But before trying death he will try to get close to Gracia, presumably because he thinks that she also is a victim of the same incomprehensible universe that he inhabits. However, he has forgiven her but she has not forgiven him. Yet another photograph arrives, the last one, which tips him over the edge to suicide. Risso, in the end, has *not* been able to make sense of his relationship with Gracia. Somewhere he has made an error, as the old Spanish newspaperman Lanza surmises, 'y no al casarse con ella sino en otro momento que no quiso nombrar' (p. 83). What was this error? Nobody in the story knows, except possibly the dead man.

The reader is left wondering about this mistake. Was it the age gap? Was it this that the main narrator and his *tertulia* were so apprehensive of when they sat in silence and deliberately refrained from pessimistic comment on hearing the news of the wedding? Or was it Risso's abrupt repudiation of Gracia after her innocent act of adultery? Or his lust for her, which she tolerated in the hope that it would abate? She may have been frightened by this savage use of her for Risso's attainment of the absolute, and felt belittled. The reader may speculate, and this is what Onetti desires him to do. Gracia also made a 'mistake', according to the main narrator, when she changed the address on the envelopes enclosing the pictures and started sending them to other people. Why could this be deemed a 'mistake'? Again, the 'truth' is not offered to the reader. Perhaps there is no truth or such thing as truth. Human existence, in Onetti's eyes (as in those of Borges), bears a relation of incongruity to the laws of the universe, whatever these may be.

One thing, however, is certain, and that is that both Gracia and Risso were gambling when they came together and got married. Gamblers always lose in Onetti's works (with one exception, the wrestler Jacob in *Jacob y el otro*), however justified they may be in gambling. The existential leap out of absurdity leads only to irrevocable defeat. *Esbjerg en la costa* is a paradigm of this Onettian proposition, but all his other works (with the exception mentioned above) obey the same rule. Lanza compares Risso, in the end, to the man who bet all his pay on information given him by 'the stable boy, the jockey, the owner and the horse itself' (p. 83). The odds may all seem in favour, but imponderables always come to intervene, turning reasonable calculations into blunders. In fact, in Onetti's world, the odds are always stacked against us.

## La cara de la desgracia (1960)

*La cara de la desgracia* is articulated along two bisecting narrative axes: two stories or situations intersect and one of them is glimpsed (wrongly) by the narrator, who is deeply involved in both these stories, as a possible refuge from or even solution for the problem posed in the other. The narrator's initial problem stems from his elder brother's suicide in the wake of a fraud committed by the latter in his position as the manager of the funds of a co-operative. The narrator feels guilty about this suicide since it was he who had suggested to Julián (the brother) a way of speculating with money that would release him from a mediocre and routine-bound life. Burdened with this measure of guilt, the narrator (a man of forty, a key age in the Onettian male, as we have seen, marking a settling-down into disillusionment and the loss of innocence) meets a fifteen-year-old girl, neither child nor woman (another Onettian stereotype: this is more or less the only acceptable female for his male characters, from Eladio Linacero onwards, who declares in *El Pozo* that he could only be 'the friend of Electra', i.e. the young female drawn towards the father-figure). In some way the girl offers the narrator the possibility of exorcising the 'ghost' of his dead brother: 'Traté de medir mi pasado y mi culpa con la vara que acababa de descubrir: la muchacha delgada y de perfil hacia el horizonte, su edad corta e imposible'(p. 86); 'Recordaba muchas cosas a las que ella, sin esfuerzo, servía de símbolo' (p. 100).

In the second encounter with the girl, against the background of a storm on the point of breaking, they make love and happily go their different ways. But on the following morning, with a clear sky which bears no trace of the storm, a prostitute, Betty, turns up, and informs the narrator that she has been seeing Julián regularly. She tries to extract money from the former on the basis that Julián has borrowed money from her. In the end, she relates that Julián, contrary to what his brother had assumed, had been embezzling money regularly over the years to spend on betting. This story exonerates him of any blame for the suicide, but on the other hand leaves him bewildered and depressed at the idea of having

35

been deceived at what now appears as the gratuitous cynicism of Julián, who on the very eve of his death continued to play the victim before the narrator. This leads the latter to remark bitterly: 'me sentía seguro de la incesante suciedad de la vida' (p. 108). Then the battered body of the girl is found, and the narrator is arrested by the police, who assume he is the murderer. Although this is self-evident for them, because they know about his relationship with the girl through witnesses in the hotel at the holiday resort where the story takes place, for the reader there is no evidence of the narrator's guilt in this crime. On the contrary, he tells the reader that after making love, the pair left the spot happily and that during his conversation with the prostitute he is thinking fondly of the girl. However, he surrenders meekly to the police, offering just a token protest: he limits himself to telling them that they are mistaken. At the same time he feels a sensation of relief on giving himself up. And there we have the main mystery of this tale. Unravelling it will provide us with the keys to its meaning.

Let us start our analysis with the love relationship with the girl, which reveals an undercurrent of morbidity and perhaps even perversion. The narrator is very conscious of being almost thirty years older than her, and there are many references in the text to the incongruity of this situation. He speaks of 'aquel rostro de niña ... contra mi cara seria y gastada de hombre', a comment parodied a little later on by his happy-go-lucky friend Arturo who talks mockingly of 'El amor a primera vista. ... Y la juventud intacta, la experiencia cubierta de cicatrices' (pp. 95-6). Another variant of this awareness of incongruity, with the added nuance of a discreet and ironic optimism, is given when the narrator says: 'era forzoso aludir a los años que nos separaban, apenarse con exceso, fingir una desolada creencia en el poder de la palabra *imposible*, mostrar un discreto desánimo ante las luchas inevitables' (p. 101). The first time the narrator sees the girl he observes himself projecting a *shadow* which she finally enters. It cannot be chance that the word *sombra* appears three times in the first page of the story, which describes the first encounter of the two. Moreover, the excitement felt by this experienced man who has something of the *voyeur* about him (he comments: 'No sé si tenía cinturón; aquel verano todas las muchachas usaban cinturones anchos') is linked to an awareness of *death*:

> *Repentinamente triste y enloquecido*, miré la sonrisa que la muchacha ofrecía al cansancio, el pelo duro y revuelto, la delgada nariz curva que se movía con la respiración, el ángulo infantil en que habían sido impostados los ojos en la cara – y que ya nada tenía que ver con la edad, que había sido dispuesto de una vez por todas y *hasta la muerte*. (p. 85, my emphasis)

And later on:

me sorprendí *vinculando a mi hermano muerto con la muchacha de la bicicleta.* ... Lo indudable era que yo la quería y deseaba protegerla. No podía adivinar de qué o contra qué. Buscaba, rabioso, cuidarla de ella misma y de cualquier peligro. La había visto insegura y en reto, la había mirado alzar una ensoberbecida *cara de desgracia.* Esto puede durar pero siempre se paga de un modo prematuro, desproporcionado. Mi hermano había pagado su exceso de sencillez. En el caso de la muchacha – que tal vez nunca volviera a ver – las deudas eran distintas. Pero ambos, por tan diversos caminos, coincidían en *una deseada aproximación a la muerte,* a la definitiva experiencia. Julián no siendo; ella, la muchacha de la bicicleta, buscando serlo todo y con prisas. (p. 94, my emphasis)

Misfortune, sexual excitement and death. The girl appears, in the eyes of this observer of maturing nymphets, as unusually desirable, even maybe something of a prey. We detect various notes of perverse excitement in this part of the narrative, for example: 'Vacié la pipa y estuve mirando *la muerte del sol* entre los arboles. Sabía ya, y *tal vez demasiado,* qué era ella. Pero no quería nombrarla' (p. 86). And later on, when the narrator hears from the monkey-like waiter at the hotel that the girl has just turned fifteen, 'la mano con la pipa *me temblaba*' (p. 97, my emphasis in this quote and the one preceding). At several moments in the text her *boyishness* (a lack of breasts and a small bottom) is remarked upon, accentuating slightly the air of perversity.

The strong sexual charge of this attraction is emphasized by the symbolic backdrop of the landscape and weather. The love-making of the pair takes place during the threat of an evening storm and in a pine forest. There are distinct Freudian overtones in the 'ligustros y eucaliptos jóvenes de troncos lechosos' (p. 86) growing in the forest. The girl's stockings are bristling with pine-needles, and throughout the story the narrator plays in various ways with his pipe, another phallic object.

If the girl has a 'cara de desgracia', she appears to recognise that the narrator also possesses this when she asks him to let her take his face in her hands to see it closer to. And he feels a bond with her from the first moment: 'Era como si nos hubiéramos visto antes, como si nos conociéramos, como si nos hubiéramos guardado recuerdos agradables' (p. 86). The two feel united by a common air of fatality. He says, for instance, 'Te quiero. Y no sirve. Y es otra manera de la desgracia' (p. 101).

The sexual climax, in the second meeting, is quick and violent, again with slightly perverse nuances:

Entonces la muchacha murmuró 'pobrecito' como si fuera mi madre, con su rara voz, ahora tierna y vindicativa, y empezamos a enfurecernos y besarnos. Nos ayudamos a desnudarla en lo imprescindible y tuve de pronto dos cosas que no había merecido nunca: *su cara doblegada por el llanto y la felicidad*

*bajo la luna, la certeza desconcertante de que no habían entrado antes en ella.*
(p. 101, my emphasis)

The curious fixation on female virginity, so common in Onetti's males, is worth noting. One is again reminded of Eladio Linacero, in *El pozo*. He either rapes or perpetrates some other kind of sexual humiliation on Ana María, and six months later she dies, as if Linacero's action had killed something vital inside her. The loss of virginity, in Onetti's female characters, marks the beginning of the end of their value: thus the prostitute can be seen as merely a 'corpse'. Hence the title of the novel *Juntacadáveres*: the 'corpses' are the team of prostitutes that Larsen brings to Santa María to provide the town with a brothel. The cynical Arturo, in *La cara de la desgracia*, on realising the narrator's interest in the girl on the bicycle, hurls at him an 'Et tu, Brute?', with which a death-note is introduced in relation to the girl, who, like Ana María, is to end up dead after the loss of her virginity. In the end, the narrator has also to confess that his relationship with the girl has not succeeded in making him forget the spectre of his brother's death: 'tampoco yo, a pesar de todo lo visto y oído, a pesar del recuerdo de la noche anterior en la playa, aceptaba del todo la muerte de Julián' (p. 104).

On the following morning, once the storm has passed – and the amorous storm of the nocturnal intimate relations with the girl – in the growing light of day, as so frequently happens in Onetti, the regular order of life re-establishes itself, that is to say, it becomes dominated once more by the sordid. Onto the scene comes the anti-nymphet and anti-virgin Betty, the prostitute frequented by Julián. Even before he discovers Betty's aims in coming to see him (extracting money from him and disabusing him as to the 'innocent' past of Julián), the narrator visualises her as an emanation of all that is repugnant in life, characterising her as 'aquella desusada manera de la suciedad y la desdicha' and 'aquella basura en el sillón, aquella maltratada inmundicia' (p. 104). Then he comments:

No era muy vieja, estaba aún lejos de mi edad y de la de Julián. Pero nuestras vidas habían sido muy distintas y lo que me ofrecía desde el sillón no era más que gordura, una arrugada cara de beba, el sufrimiento y el rencor disimulado, *la pringue de la vida* pegada para siempre a sus mejillas, a las ojeras rodeadas de surcos. Tenía ganas de golpearla y echarla. (p. 105, my emphasis)

In the same vein he says: 'la indiferencia – y también la crueldad – se me aparecían como formas posibles de la virtud' (p. 104); 'Desde muchos años atrás no había sacado tanto placer de la mentira, de la farsa y la maldad' (p. 106) and 'Betty sólo me servía para la lástima o el desprecio;

pero yo estaba creyendo en su historia, me sentía seguro de *la incesante suciedad de la vida*' (p. 108, my emphasis).

In contrast, during the scene with Betty he thinks fondly of the girl he has made love to on the previous night:

> En alguna habitación del hotel, encima de mí, estaría durmiendo en paz la muchacha, despatarrada, empezando a moverse entre la insistente desesperación de los sueños y las sábanas calientes. Yo la imaginaba y seguía queriéndola, amaba su respiración, sus olores, las supuestas alusiones al recuerdo nocturno, a mí, que pudieran caber en su estupor matinal. Volví con pesadez a la ventana y estuve mirando sin asco ni lástima lo que el destino había colocado en el sillón del dormitorio del hotel. (p. 107)

The manic hatred for the prostitute, of course, is merely the reverse of a longing for freshness and virginity. If we were to magnify, as it were, these psychological quirks in order to project them on to a more extreme plane we should be faced with a narrator uniting within his person (at least in potential) the mentality of Nabokov's Humbert Humbert and that of Jack the Ripper. Once more we are reminded of that seminal Onettian text, *El pozo*, and in particular the much-quoted passage where Linacero remarks:

> He leído que la inteligencia de las mujeres termina de crecer a los veinte o veinticinco años. ... si uno se casa con una muchacha y un día despierta al lado de una mujer, es posible que comprenda sin asco el alma de los violadores de niñas y el cariño baboso de los viejos que esperan con chocolatines en las esquinas de los liceos.[12]

Nabokov, a few years later, will show a hero (Humbert Humbert) besotted with a pre-pubescent 'nymphet' to become whose stepfather he has to face the ordeals of marrying and sleeping with the cow-like mother. Behind this penchant for much younger females lies the solypsistic fear of decline and death. The two females in *La cara de la desgracia*, the young girl and the prostitute, are just the two polarities of the *genus* woman, and their worth is mainly defined by their age. Once the girl surrenders her virginity, moreover, in the peculiar psychology of the Onettian male, she starts out along the road towards death.

We have already said, however, that the main problem troubling this narrator is his relationship with his brother. In Onetti the most important ties of affection are usually between men, with women as secondary figures or kinds of intermediary between the males. The narrator, who is the younger of the two brothers, has always perceived Julián as weaker and more vulnerable than himself:

---

[12]Juan Carlos Onetti, *Obras completas*, p. 63.

Despreciaba su aceptación de la vida; sabía que era solterón por falta de ímpetu. ... Me irritaba su humildad y me costaba creer en ella. Estaba enterado de que recibía a una mujer, puntualmente, todos los viernes. Era muy afable, incapaz de molestar, y desde los treinta años le salía del chaleco olor a viejo. Olor que no puede definirse, que se ignora de qué proviene. (pp. 87-8)

The narrator, whilst denying that he gave Julián the idea for defrauding the co-operative, does assert that he tried to get him to take a risk and not merely rely on his pay cheque at the end of the month. For his part, Julián, on the eve of his suicide, tells the narrator:

Es curioso. Siempre pensé que tu sabías y yo no. Desde chico. Y no creo que se trate de un problema de carácter o de inteligencia. Es otra cosa. Hay gente que se acomoda instintivamente en el mundo. Tú sí y yo no. Siempre me faltó la fe necesaria. (p. 93)

But Betty reveals a very different Julián: 'Julián robaba de la Cooperativa desde hace cinco años. O cuatro. ... No sé quién cumplía años aquella noche' (p. 106). Julián, the narrator continues,

nos había engañado a todos durante muchos años. Este Julián que sólo había podido conocer muerto se reía de mí, levemente, desde que empezó a confesar la verdad, a levantar sus bigotes y su sonrisa, en el ataúd. Tal vez continuara riéndose de todos nosotros a un mes de su muerte. Sobre todo, me irritaba el recuerdo de nuestra última entrevista, la gratuidad de sus mentiras, no llegar a entender por qué me había ido a visitar, con riesgos, para poder mentir por última vez. ... *me sentía seguro de la incesante suciedad de la vida.* (p. 108, my emphasis)

In this last statement, which occurs (in its variants) as a *leitmotiv* in *La cara de la desgracia*, lies a key to the final surrender of the narrator to the police, with just a minimum of protest. He prefers death (execution by the law) or a living death (long years of prison) for the death of the girl to continuing to struggle in a world that is vile, unjust and incomprehensible.

This narrator, like so many other protagonists in Onetti's works, is searching for areas of purity, truth, epiphany, in a degraded world. In this story, in fact, there are three characters who undertake this quest, and all three are marked out by a common air of fatality (a 'cara de desgracia'). They are the girl on the bicycle, the narrator himself and Julián. These are the only characters that dare to make the existential leap out of the mundane and the senseless, and the three all come to a sorry end (the usual fate of such individuals in Onetti's world). They are united by a certain pity for their fellow human beings: the girl feels this for the narrator, he feels it for the girl, and the 'affable' Julián feels or appears to feel it for everyone. But perhaps precisely because of this, a kind of sword of

Damocles hangs over them: to have feelings of responsibility or guilt is dangerous, because these actually attract misfortune in the paranoid Onettian world.

On the other side of morality we have 'los imbéciles que ocupan y forman el mundo' (p. 92), in the words of the narrator, and their allies. In *La cara de la desgracia* these are Arturo, the monkey-like hotel waiter and the police, to name significant examples. (The prostitute is an intermediate figure: she accepts the dirty conventions of the world at the same time as she is obviously their victim. It cannot be by chance that what she suffers is not '*desgracia*' but '*desdicha*', a lesser category of misery.) On the other hand, people like the narrator's friend Arturo are a breed that 'se acomoda instintivamente en el mundo' (p. 93) – the words are Julián's – individuals who do not question life and accept its injustice and incoherence. Arturo, the cheerful egoist, informs his friend that 'la vida es una idiotez complicada' (p. 90), remarking at another time that 'aunque te demuestren que todas las carreras están arregladas, vos seguís jugando igual' (p. 94). He laughs at the narrator, who is involved in the rite of obsessively washing his hands after Julián's suicide, calling him sardonically 'Caín en el fondo de la cueva' (p. 89). Arturo's kind try to float on top of life without making serious commitments and *cover themselves* against its unpleasant surprises. They do not bet in a game where the real odds are unknown, and tolerate with a greater or lesser cheerfulness or resignation the filth that life throws up.

Thus the policeman at the end of the story crosses himself when the narrator, after being arrested, asks him if he believes in God. This comes after both have listened to the long liturgy of the forensic report on the girl's death. What the police believe in, as is the case of all upholders of the established order, is a conventional 'God', tailored to suit their convenience. Their faith is superficial, hypocritical and thoroughly false. Real faith, although they do not know this (how can this kind of person?), is the patrimony (at least for a time, until they are finally defeated) of the people marked by 'la cara de la desgracia', and actually consists of a *search for faith* in the face of seemingly impossible odds, the *credo quia absurdum* ('I believe *because* it is absurd') of Tertullian.

The discourses of the conventional world are superficial and arbitrary, mere lazy, wooden or deceitful '*cháchara*'. What real light, for example, does the monotonous and bureaucratic forensic report shed on the relations between the murdered girl and the narrator? What is the link between the sensational newspaper headline 'Treasurer on the Run' and Julián? Ironically, the report of the event is, according to the narrator, 'la más justa, la más errónea y respetuosa entre todas las publicadas' (p. 87). What can we tell from the photo of a frightened moustachioed man (Julián) about the

41

motives for his misdemeanour? This world is shot through with contradictions and inconsistencies. One can never 'get to the bottom' of any question.

Thus the narrator can say, about his feelings towards Julián, 'Las palabras son hermosas o intentan serlo cuando tienden a explicar algo. Todas estas palabras son, por nacimiento, disformes e inútiles. Era mi hermano' (p. 88). And, about the girl, 'Yo recordaba la magia de sus labios y la mirada; magia es una palabra que no puedo explicar pero que escribo ahora sin remedio, sin posibilidad de sustituirla' (p. 96). In such a world, chaotic and cruel, discourse fails, whether superficial or more committed to finding 'truth', and there only remains the unreason of faith for those possessing any proper moral sense.

It is the same with 'facts'. After making love with the girl, the narrator says: 'Todos los hechos acababan de perder su sentido y sólo podrían tener, en adelante, el sentido que ella quisiera darles' (p. 101). But the people who accept the world and its disorder limit themselves to observing the surface of things, and are more or less indifferent to the dramas of the emotions that may lie beneath this surface. In a world of this type, the Onettian world, everyone is judged by conventional standards of success and failure, based on the degree of power one possesses. And since at the end of life lurks what even those who dare to make an existential leap perceive as the ultimate, supreme failure, death – 'la definitiva experiencia' (p. 94) – this becomes a criterion of the greatest importance. Thus the narrator of this story sees in the girl a way of measuring his own life. He will try, unconsciously but with a sense of guilt, on the pretext of becoming her protector, to use her in order to rejuvenate himself and exorcise the ghost of his dead brother.

It has been suggested that his final surrender to the police is motivated by a feeling of failure at not having been able to protect her, as also he was not able to foresee and prevent his brother's suicide. He may therefore feel responsible, at least in part, for *two* deaths. This is a possible reading. However, there are others (Onetti likes the reader to wrestle with material that abounds in uncertainty). One might speculate that the narrator accepts his fate at the hands of the police because his guilt is not merely personal but *generic*, very closely associated, in fact, with the Christian concept of original sin, despite there not being, in the Onettian universe, any religious (or even socio-political) redeemer, or a God that takes any interest in His creation.

Let us reconsider, for instance, the prostitute Betty. The mixture of sadism and indifference (with, it is true, a grain of compassion) with which he contemplates this 'corpse'-woman – although in this particular story the actual word 'corpse' is nowhere used – shows what this man who falls foul of conventional justice is capable of. He knows intuitively that he is a potential murderer, above all as regards the prostitute, but, as we have seen, his relationship with the young girl has not been lacking in elements of perversity. The fact is that we are all potential murderers. And what kind of compassion is that which is only shown towards a dearly-loved brother or an attractive young girl? Do not the unfortunate members of the co-operative whose money the brother has embezzled also merit compassion? Since we have to choose to whom we dole out justice when others could be equally worthy of it, are we not in this measure guilty, almost as much so as the police, who are satisfied if they can take a prisoner for every crime, without worrying unduly if they have caught the right person? In fact, however much we try not to be, we are accomplices in the terrible moral ambiguity of the world we inhabit. We are all innocent and guilty at the same time (innocent in the way of Albert Camus's *Etranger* who, almost like an automaton, is driven to kill a man, and guilty because 'there but for the grace of God go I'). We are all victims and victimisers, at some level, and our possibility of choice is only relative. This is the pathos of the human dramas sketched out in Onetti's writings, which portray the precarious and arbitrary nature and moral ambiguity of human existence.

Certainly there are, in *La cara de la desgracia*, mysteries everywhere. Quite apart from the examples cited, we should consider the following. Did the girl on the bicycle have a puncture or not? Did she have amorous relations with other men, as the monkey-faced waiter insinuates and Arturo jocularly believes? Who killed her? Where does the child in her end and the woman begin? What is the significance of her deafness and why does the narrator realise she is deaf only at the end of the story? Is Betty really to be believed? When and why did Julián pass from meekness to recklessness? For what reason did he deceive his brother, if Betty's story is true? We are faced with a kaleidoscopic and chameleon-like world where little is certain.

If Julián, at some point in time, changed in his character, so did his brother the narrator, but the other way, from strong to vulnerable, and capable of feelings of anguished guilt. This individual 'loves' the young girl but is aware of trying to use her to forget his brother's suicide. The irresponsible Arturo accuses the dead man of irresponsibility, for having speculated too wildly. In this vision of the world everybody contains every*thing* within himself.

The setting of the story, no less than the characters, is shot through with paradoxes. For instance, the shadow thrown by the narrator over the girl on his first sight of her seems threatening. But in another passage describing the second encounter she actually appears as 'protegida por la sombra' (p. 99). The act of love with her takes place against a backdrop of darkness and storm; the prostitute, however, turns up when, on the following day, 'se estiraba la mañana de otoño, sin nubes, la pequeña gloria ofrecida a los hombres' (p. 105). The narrator is arrested and taken to the hut where the girl's corpse has been laid out for a post-mortem, and he stops 'Antes de la luz violenta del sol'; 'Nos habíamos detenido exactamente entre el renovado calor del verano y la sombra fresca del galpón' (p. 112). It is in this border *locus* that he finds out that the girl was deaf. These are some examples of Onetti's technique of suggesting meanings only to contradict them later on.

Already in the second paragraph of the story Onetti constructs a mini-scenario that will establish, although the reader does not yet know this, the basic conceptual parameters within which this tale as a whole will move. Coincidental with the appearance of the girl pedalling her bicycle, the narrator, tormented by his feelings of guilt about his brother's death, glimpses a promise of peace in the shape of a signboard with black lettering bearing the name of a Swiss-type chalet: 'Me era imposible no mirar el cartel por lo menos una vez al día; a pesar de su cara castigada por las lluvias, las siestas y el viento del mar, mostraba un brillo permanante y se hacía ver: *Mi descanso*' (p. 84). This emblem of an entrance to comfort is exposed to the inclemencies of the weather, themselves a metaphor for the ravages caused by time and experience. It is a typically Onettian juxtaposition. Indeed, this writer's narratives are articulated around a series of conceptual oppositions, contradictions and polarities ranging from oxymoron – at the level of the language of the text – to the ambiguous motivations and vacillating or more sharply shifting behaviour of the actors in these pathetic dramas. One has the feeling, sometimes, of staring into an abyss. *La cara de la desgracia* could even be read as a lying cover-up produced by its narrator to exonerate him for the murder of the girl. The problem with this approach to the story is that if the narrator is lying about this he could also be lying in other parts of his account, thus invalidating his tale as a coherent discourse.

Even if we choose to believe his account, we are invited to contemplate a cosmos which is all movement and uncertainty, a supremely unstable baroque space. The narrative structure of *La cara de la desgracia*, as has already been pointed out, is ordered round a *double axis* of two interdependent situations. But this process of flux, present at so many levels in the Onettian text, is not resolved by the attainment of a higher, more desirable goal on the part of the main characters. On the contrary, when they attempt to breach the unsatisfactory shell of their day-to-day circumstances towards a longed-for epiphany, instead of attaining this epiphany (or, much less, maintaining themselves on a higher plane of satisfaction), their brief rise is followed sooner or later by a fall into the void (they are defeated or die – and death is merely the supreme, definitive defeat), and the story ends, always on a dying fall. The one exception, in the short stories, to this Onettian rule, comes in *Jacob y el otro* (1961), where a veteran and apparently washed-out wrestler defeats a fearsome opponent against all the odds. It is noticeable that in the novel *La vida breve* the main character Brausen does manage to break out of the unsatisfactory cocoon of his vital dilemmas, but that Onetti is unable to complete the novel in an aesthetically convincing way.

To sum up, let us state that Onetti's genius consists in a capacity for suggesting a coherent and fairly detailed world-view within the restricted framework of a novel or short story belonging to an impeccably realist canon. His fictional worlds are credible and function according to consistent laws. They do not lack complexity, and indeed there are few Latin American authors so gifted in the prolonged orchestration of finely nuanced meaning. His narratives exhibit the structure and counterpoint characteristic of the works of the great classical composers. (Chromaticism is a different matter, because Onetti's scenarios are uniformly grey, with patches of sardonic humour to light them up now and again). But having admitted this technical mastery, we must recall that one of the duties of the literary critic is indeed to criticise, in the day-to-day sense of that word.

The problem that many perceive in Onetti's writings has to do with a disturbing incongruity between a means of expression of great and admirable sophistication and a 'message' that is simply trivial or facile in its obsessive pessimism. What is the point of such expressive technical mastery if it only serves a lachrymose and self-pitying lugubriousness? Young girls become women and lose their idealism and physical attractions. Their loss of virginity is the first step on the road to their decline and death. When men reach thirty (or forty) they become cynical. The mature adult is a *farceur* and manipulator, incapable of spontaneity. The immature adult may try to transcend the absurd and stifling world in which he lives, but in the end he fails, once and for all. We are all essentially alone. Decay and death will soon have us in their clutches, however promising may be our beginnings. However cleverly Onetti makes these gloomy axioms arise inevitably from the destiny of his characters, and however plausible they may seem to the reader when he is assailed by certain moods, he knows that they are not telling the whole story. An artist of less obsessive views would see more light in the world and not allow his gloom to dominate him so. Reading Onetti is a little like listening to Gustav Mahler, who made sure that every one of his symphonies contained a funeral march.

As an antidote to this despair, let us listen to the opinions of two very

45

great novelists who also happened to double up as literary critics (and this type of critic is by far the most valuable because he has been a creator of fiction himself, unlike the majority of the breed). First of all, E. M. Forster, in whose *Aspects of the Novel* the following passage occurs:

> daily life, whatever it may be really, is practically composed of two lives – the life in time and the life by values – and our conduct reveals a double allegiance. 'I only saw her for five minutes, but it was worth it.' ... And what the entire novel does – if it is a good novel, is to include life by values as well.[13]

On the other hand, D. H. Lawrence, in an essay on Edgar Allan Poe in his *Studies in Classic American Literature* (1923) puts it rather differently whilst making substantially the same point as Forster, saying: 'in true art there is always the double rhythm of creating and destroying'.

These statements are worth pondering, with regard to Onetti or any other writer of quality. One wonders what Forster and Lawrence would have made of Onetti had they been able to read him. Would he have met their criteria? Did Flaubert (to mention another writer steeped in pessimism)? These are serious questions because they touch on the issue of the *morality* of art, something neglected by the postmodernist trends of criticism. A story must take place in time, which destroys (but also brings into being and into bloom). And life need not be seen as mainly failure. Onetti's position would seem to be more negative than that of Forster or Lawrence, but then so was that of Flaubert, who has staunch and subtle defenders (Nabokov, for one). At the end of *Para una tumba sin nombre*, Onetti's narrator has this to say about the writing of fiction:

> Y, más o menos, esto era todo lo que yo tenía después de las vacaciones. Es decir, nada: una confusión sin esperanza, un relato sin final posible, de sentidos dudosos, desmentido por los mismos elementos de que yo disponía para formularlo. ...
> Lo único que cuenta es que al terminar de escribirla me sentí en paz, seguro de haber logrado lo más importante que puede esperarse de esta clase de tarea: había aceptado un desafío, había convertido en victoria por lo menos una de las derrotas cotidianas.[14]

This is the level of *creation* which Onetti sees himself as achieving, something akin to the imposition of order on chaos. Flaubert's ideal, it may be remembered, was to write a novel about *nothing*, that would seduce and delight its readers by its *form*. Of course, this is not the

[13]E. M. Forster, *Aspects of the Novel*, Harmondsworth, Pelican, 1963 (first published 1927), pp. 36–7.
[14]Juan Carlos Onetti, *Obras completas*, pp. 1045–6.

Forsterian or Lawrentian 'order' because of the essentially negative vision that Onetti and Flaubert present of human activity. But aesthetically it may reveal enough of a positive charge to be classified as 'creation'. It is up to the individual reader to decide whether the view of life as *agonía* is redeemed by the subtlety and even seduction with which it is presented.

# Bibliography

## i) **Works by Onetti**

### *Novels*

*El pozo*, Montevideo, Signo, 1939.
*Tierra de nadie*, Buenos Aires, Losada, 1941.
*Para esta noche*, Buenos Aires, Poseidón, 1943.
*La vida breve*, Buenos Aires, Sudamericana, 1950.
*Los adioses*, Buenos Aires, Sur, 1954.
*Una tumba sin nombre*, Montevideo, Marcha, 1959. (All subsequent editions have as the title *Para una tumba sin nombre*.)
*El astillero*, Buenos Aires, Fabril, 1961.
*Juntacadáveres*, Montevideo, Alfa, 1964.
*La muerte y la niña*, Buenos Aires, Corregidor, 1973.
*Dejemos hablar al viento*, Barcelona, Bruguera Alfaguara, 1979.
*Cuando entonces*, Madrid, Mondadori, 1987.
*Cuando ya no importe*, Madrid, Alfaguara, 1993.

### *Short stories*

There have been many editions of Onetti's short stories, but none collect all the short stories up to the time of publication. The best is the *Cuentos completos*, Buenos Aires, Corregidor, 1974, edited by Jorge Ruffinelli. Ruffinelli was also responsible for rescuing an early lost novel and publishing it together with all the early short stories, some of which had not been published in book form. This publication came out as *Tiempo de abrazar y los cuentos de 1931 a 1950*, Montevideo, Arca, 1974. A subsequent collection is *Presencia y otros cuentos*, Madrid, Marabú, 1986. A new and complete edition of the short stories has been promised by Alfaguara (Madrid) for the Autumn of 1994. This will include material written right up to the date of Onetti's recent death, which occurred on 30 May, 1994

### *Journalism*

*Réquiem para Faulkner y otros artículos*, Montevideo, Arca/Calicanto, 1975.

## (ii) **Books on Onetti (a selection)**

Aínsa, Fernando, *Las trampas de Onetti*, Montevideo, Alfa, 1970.
Gilio, María E. and Domínguez, Carlos M., *Construcción de la noche: la vida de Juan Carlos Onetti*, Buenos Aires, Planeta, 1993.
Kadir, Djelal, *Juan Carlos Onetti*, Boston, Twayne, 1977.
Ludmer, Josefina, *Onetti: los procesos de reconstrucción del relato*, Buenos Aires, Sudamericana, 1977.

48

Mattaglia, Sonia, *La figura en el tapiz: teoría y práctica en la narrativa de Juan Carlos Onetti*, London, Támesis, 1990.

Millington, Mark, *Reading Onetti: Language, Narrative and the Subject*, Liverpool, Francis Cairns, 1985.

— *Fictions of Desire. An Analysis of the Short Stories of Juan Carlos Onetti*, Lampeter, Edwin Mellen, 1993.

Renaud, Maryse, *Hacia una búsqueda de la identidad en Juan Carlos Onetti*, Montevideo, Proyección, 1993.

Verani, Hugo J., *Onetti: el ritual de la impostura*, Caracas, Monte Avila, 1981.

### (iii) Collections of articles or papers on Onetti (a selection)

*Recopilación de textos sobre Juan Carlos Onetti*, ed. Reinaldo García Ramos, Havana, Casa de las Américas, 1969.

*En torno a Juan Carlos Onetti: notas críticas*, ed. Lídice Gómez Mango, Montevideo, Fundación de Cultura Universitaria, 1970.

*Onetti*, ed. Jorge Ruffinelli, Montevideo, Biblioteca de Marcha, 1973.

*Homenaje a Juan Carlos Onetti*, ed. Helmy F. Giacoman, New York, Las Américas, 1974.

*Cuadernos Hispanoamericanos*, 292–4 (October–December 1974), Madrid. Given over exclusively to Onetti.

*Texto Crítico*, 18–19 (July–December 1980). Collects the papers given at the first International Symposium on Onetti, organised by Jorge Ruffinelli at the Universidad Veracruzana, Xalapa, Mexico.

*Juan Carlos Onetti: el escritor y la crítica*, ed. Hugo J. Verani, Madrid, Taurus, 1987.

*Coloquio internacional sobre la obra de Juan Carlos Onetti*, ed. Fernando Moreno, Barcelona, Fundamentos, 1990. Collects the papers given at the second International Symposium on Onetti, held at the University of Poitiers.

### (iv) Some useful articles on the short stories selected for this edition.

#### On Bienvenido, Bob

Deredita, John, *El doble en dos cuentos de Onetti*, in *El cuento hispanoamericano y la crítica*, Madrid, Castalia, 1973.

#### On Esbjerg, en la costa

Turton, Peter, *Esbjerg, en la costa o las permutaciones de la desgracia*, in *Revista Canadiense de Estudios Hispánicos* (Ottawa), Autumn 1983.

#### On El infierno tan temido

Renaud, Maryse, *El infierno tan temido o la difícil aventura del exceso*, in *Escritura y sexualidad en la literatura hispanoamericana*, Barcelona, Fundamentos, 1990.

#### On La cara de la desgracia

Plaza, Dolores, *Lo que comenzó como una larga historia y desembocó en La cara de la desgracia*, in *Cuadernos Hispanoamericanos*, 292– 4 (see (iii) above).

Rodríguez Santibáñez, Marta, *La cara de la desgracia o el sentido de la ambigüedad*, in *Cuadernos Hispanoamericanos*, 292– 4 (see (iii) above).

## (v) Other works

Chao, Ramón, *Onetti*, Paris, Plon, 1990. Interviews with Onetti. This book has only appeared as yet in French.

Pacheco, José Emilio (ed.), *Onetti*, Mexico, UNAM, 1967. A record of Onetti in the series *La voz viva de América latina*.

Jaimes, Julio, *Onetti, un escritor*, 1973. A film directed by Julio Jaimes with the collaboration of Jorge Ruffinelli.

Chao, Ramón and Berzosa, José María, *Tres días con Onetti*, 1990. A film.

Juan Carlos Onetti

*Esbjerg, en la costa*
*y otros cuentos*

## Bienvenido, Bob

a H. A. T.[1]

Es seguro que cada día estará más viejo, más lejos del tiempo en
que se llamaba Bob, del pelo rubio colgando en la sien, la sonrisa y
los lustrosos ojos de cuando entraba silencioso en la sala,
murmurando un saludo o moviendo un poco la mano cerca de la
oreja, e iba a sentarse bajo la lámpara, cerca del piano, con un libro
o simplemente quieto y aparte, abstraído, mirándonos durante una
hora sin un gesto en la cara, moviendo de vez en cuando los dedos
para manejar el cigarrillo y limpiar de ceniza la solapa de sus trajes
claros.

Igualmente lejos —ahora que se llama Roberto y se emborracha
con cualquier cosa, protegiéndose la boca con la mano sucia
cuando tose— del Bob que tomaba cerveza, dos vasos solamente
en la más larga de las noches, con una pila de monedas de diez
sobre su mesa de la cantina del Club, para gastar en la máquina de
discos. Casi siempre solo, escuchando *jazz*, la cara soñolienta,
dichosa y pálida, moviendo apenas la cabeza para saludarme
cuando yo pasaba, siguiéndome con los ojos tanto tiempo como yo
me quedara, tanto tiempo como me fuera posible soportar su
mirada azul detenida incansablemente en mí, manteniendo sin
esfuerzo el intenso desprecio y la burla, más suave. También con
algún otro muchacho, los sábados, alguno tan rabiosamente joven
como él, con quien conversaba de solos, trompas y coros y de la
infinita ciudad que Bob construiría sobre la costa cuando fuera
arquitecto. Se interrumpía al verme pasar para hacerme el breve
saludo y no sacar ya los ojos de mi cara, resbalando palabras
apagadas y sonrisas por una punta de la boca hacia el compañero
que terminaba siempre por mirarme y duplicar en silencio el
desprecio y la burla.

A veces me sentía fuerte y trataba de mirarlo: apoyaba la cara en

---

[1]Homero Alsina Thevenet, a friend of Onetti's.

una mano y fumaba encima de mi copa mirándolo sin pestañear, sin apartar la atención de mi rostro, que debía sostenerse frío, un poco melancólico. En aquel tiempo Bob era muy parecido a Inés; podía ver algo de ella en su cara a través del salón del Club, y acaso alguna noche lo haya mirado como la miraba a ella. Pero casi siempre prefería olvidar los ojos de Bob y me sentaba de espaldas a él y miraba las bocas de los que hablaban en mi mesa, a veces callado y triste para que él supiera que había en mí algo más que aquello por lo que me había juzgado, algo próximo a él; a veces me ayudaba con unas copas y pensaba 'querido Bob, andá a contárselo a tu hermanita',[2] mientras acariciaba las manos de las muchachas que estaban sentadas a mi mesa o estiraba una teoría cínica sobre cualquier cosa, para que ellas rieran y Bob lo oyera.

Pero ni la actitud ni la mirada de Bob mostraban ninguna alteración en aquel tiempo, hiciera yo lo que hiciera. Sólo recuerdo esto como prueba de que él anotaba mis comedias en la cantina. Una noche, en su casa, estaba esperando a Inés en la sala, junto al piano, cuando entró él. Tenía un impermeable cerrado hasta el cuello, las manos en los bolsillos. Me saludó moviendo la cabeza, miró alrededor en seguida y avanzó en la habitación como si me hubiera suprimido con la rápida cabezada; lo vi moverse dando vueltas junto a la mesa, sobre la alfombra, andando sobre ella con sus amarillos zapatos de goma. Tocó una flor con un dedo, se sentó en el borde de la mesa y se puso a fumar mirando el florero, el sereno perfil puesto hacia mí, un poco inclinado, flojo y pensativo. Imprudentemente —yo estaba de pie recostado en el piano— empujé con mi mano izquierda una tecla grave y quedé ya obligado a repetir el sonido cada tres segundos, mirándolo.

Yo no tenía por él más que odio y un vergonzante respeto, y

[2]River Plate *voseo. Voseo* is a verbal form used in several parts of Latin America, where *vos* replaces tú. It thus indicates a second person familiar, but in the present tense its form is derived from the second person plural. In its River Plate version the *i* of the ending is dropped in the first and second conjugations, giving, for example, (vos) tomás, tenés and vivís, whilst the imperative form drops the final *d*, giving tomá, tené, viví. In the simple past tenses (preterite and imperfect), *vos* merely takes the *tú* form, giving (vos) tomaste, tuviste, viviste; (vos) tomabas, tenías, vivías. The possessive adjective is *tu* and the possessive pronoun *tuyo*, whilst the object pronouns are *te* and *vos* (after a preposition). The plural of *vos* is *ustedes*.

seguí hundiendo la tecla, clavándola con una cobarde ferocidad en el silencio de la casa, hasta que repentinamente quedé situado afuera, observando la escena como si estuviera en lo alto de la escalera o en la puerta, viéndolo y sintiéndolo a él, Bob, silencioso y ausente junto al hilo de humo de su cigarrillo que subía temblando; sintiéndome a mí, alto y rígido, un poco patético, un poco ridículo en la penumbra, golpeando cada tres exactos segundos la tecla grave con mi índice. Pensé entonces que no estaba haciendo sonar el piano por una incomprensible bravata, sino que lo estaba llamando; que la profunda nota que tenazmente hacía renacer mi dedo en el borde de cada última vibración era, al fin encontrada, la única palabra pordiosera con que podía pedir tolerancia y comprensión a su juventud implacable. El continuó inmóvil hasta que Inés golpeó arriba la puerta del dormitorio antes de bajar a juntarse conmigo. Entonces Bob se enderezó y vino caminando con pereza hasta el otro extremo del piano, apoyó un codo, me miró un momento y después dijo con una hermosa sonrisa: '¿Esta noche es una noche de leche o de *whisky*? Impetu de salvación o salto en el abismo?'

No podía contestarle nada, no podía deshacerle la cara de un golpe; dejé de tocar la tecla y fui retirando lentamente la mano del piano. Inés estaba en mitad de la escalera cuando él me dijo, mientras se apartaba: 'Bueno, puede ser que usted improvise.'

El duelo duró tres o cuatro meses, y yo no podía dejar de ir por las noches al Club —recuerdo, de paso, que había campeonato de tenis por aquel tiempo—, porque cuando me estaba algún tiempo sin aparecer por allí, Bob saludaba mi regreso aumentando el desdén y la ironía en sus ojos y se acomodaba en el asiento con una mueca feliz.

Cuando llegó el momento de que yo no pudiera desear otra solución que casarme con Inés cuanto antes, Bob y su táctica cambiaron. No sé cómo supo de mi necesidad de casarme con su hermana y de cómo yo había abrazado aquella necesidad con todas las fuerzas que me quedaban. Mi amor de aquella necesidad había suprimido el pasado y toda atadura con el presente. No reparaba entonces en Bob; pero poco tiempo después hube de recordar cómo había cambiado en aquella época y alguna vez quedé inmóvil, de pie en una esquina, insultándolo entre dientes, comprendiendo que entonces su cara había dejado de ser burlona y me enfrentaba con seriedad y un intenso cálculo, como se mira un peligro o una tarea compleja, como se trata de valorar el obstáculo y medirlo con las fuerzas de uno. Pero yo no le daba ya importancia y hasta llegué a pensar que en su cara inmóvil y fija estaba naciendo la comprensión por lo fundamental mío, por un viejo pasado de limpieza que la adorada necesidad de casarme con Inés extraía de abajo de años y sucesos para acercarme a él.

Después vi que estaba esperando la noche; pero lo vi recién[3] cuando aquella noche llegó Bob y vino a sentarse a la mesa donde yo estaba solo y despidió al mozo con una seña. Esperé un rato, mirándolo, era tan parecido a ella cuando movía las cejas; y la punta de la nariz, como a Inés, se le aplastaba un poco cuando conversaba. 'Usted no se va a casar con Inés', dijo después. Lo miré, sonreí, dejé de mirarlo. 'No, no se va a casar con ella porque una cosa así se puede evitar si hay alguien de veras resuelto a que no se haga.' Volví a reírme. 'Hace unos años —le dije— eso me hubiera dado muchas ganas de casarme con Inés. Ahora no agrega ni saca. Pero puedo oírlo; si quiere explicarme...' Enderezó la cabeza y continuó mirándome en silencio; acaso tuviera prontas las frases y esperaba a que yo completara la mía para decirlas. 'Si quiere explicarme por qué no quiere que yo me case con ella', pregunté lentamente y me recosté en la pared. Vi en seguida que yo no había sospechado nunca cuánto y con cuánta resolución me odiaba; tenía la cara pálida, con una sonrisa sujeta y apretada con labios y dientes. 'Habría que dividirlo por capítulos —dijo—, no terminaría en la noche.'

'Pero se puede decir en dos o tres palabras. Usted no se va a casar con ella porque usted es viejo y ella es joven. No sé si usted tiene treinta o cuarenta años, no importa. Pero usted es un hombre hecho, es decir deshecho, como todos los hombres a su edad cuando no son extraordinarios.' Chupó el cigarrillo apagado, miró hacia la calle y volvió a mirarme; mi cabeza estaba apoyada contra la pared y seguía esperando. 'Claro que usted tiene motivos para

---

[3]River Plate usage. *I only realized that*

creer en lo extraordinario suyo. Creer que ha salvado muchas cosas del naufragio. Pero no es cierto.' Me puse a fumar de perfil a él; me molestaba, pero no le creía; me provocaba un tibio odio, pero yo estaba seguro de que nada me haría dudar de mí mismo después de haber conocido la necesidad de casarme con Inés. No; estábamos en la misma mesa y yo era tan limpio y tan joven como él. 'Usted puede equivocarse —le dije—. Si usted quiere nombrar algo de lo que hay deshecho en mí…' 'No, no —dijo rápidamente—, no soy tan niño. No entro en ese juego. Usted es egoísta; es sensual de una sucia manera. Está atado a cosas miserables y son las cosas las que lo arrastran. No va a ninguna parte, no lo desea realmente. Es eso, nada más; usted es viejo y ella es joven. Ni siquiera debo pensar en ella frente a usted. Y usted pretende…' Tampoco entonces podía yo romperle la cara, así que resolví prescindir de él, fui al aparato de música, marqué cualquier cosa y puse una moneda. Volví despacio al asiento y escuché. La música era poco fuerte; alguien cantaba dulcemente en el interior de grandes pausas. A mi lado, Bob estaba diciendo que ni siquiera él, alguien como él, era digno de mirar a Inés en los ojos. 'Pobre chico', pensé con admiración. Estuvo diciendo que en aquello que él llamaba vejez, lo más repugnante, lo que determinaba la descomposición, o acaso lo que era símbolo de descomposición era pensar por conceptos, englobar a las mujeres en la palabra mujer, empujarlas sin cuidado para que pudieran amoldarse al concepto hecho por una pobre experiencia. Pero —decía también— tampoco la palabra experiencia era exacta. No había ya experiencias, nada más que costumbres y repeticiones, nombres marchitos para ir poniendo a las cosas y un poco crearlas. Más o menos, eso estuvo diciendo. Y yo pensaba suavemente si él caería muerto o encontraría la manera de matarme, allí mismo y en seguida, si yo le contara las imágenes que removía en mí al decir que ni siquiera él merecía tocar a Inés con la punta de un dedo, el pobre chico, o besar el extremo de sus vestidos, la huella de sus pasos o cosas así. Después de una pausa —la música había terminado y el aparato apagó las luces aumentando el silencio—, Bob dijo 'nada más', y se fue con el andar de siempre, seguro, ni rápido ni lento.

Si aquella noche el rostro de Inés se me mostró en las facciones de Bob, si en algún momento el fraternal parecido pudo aprovechar la trampa de un gesto para darme a Inés por Bob, fue aquélla, entonces, la última vez que vi a la muchacha. Es cierto que volví a estar con ella dos noches después en la entrevista habitual, y un mediodía en un encuentro impuesto por mi desesperación, inútil, sabiendo de antemano que todo recurso de palabra y presencia sería inútil, que todos mis machacantes ruegos moririan de manera asombrosa, como si ni hubieran sido nunca, disueltos en el enorme aire azul de la plaza, bajo el follaje de verde apacible en mitad de la buena estación.

Las pequeñas y rápidas partes del rostro de Inés que me había mostrado aquella noche Bob, aunque dirigidas contra mí, unidas en la agresión, participaban del entusiasmo y el candor de la muchacha. Pero cómo hablar a Inés, cómo tocarla, convencerla a través de la repentina mujer apática de las dos últimas entrevistas. Cómo reconocerla o siquiera evocarla mirando a la mujer de largo cuerpo rígido en el sillón de su casa y el banco de la plaza, de una igual rigidez resuelta y mantenida en las dos distintas horas y los dos parajes; la mujer de cuello tenso, los ojos hacia adelante, la boca muerta, las manos plantadas en el regazo. Yo la miraba y era 'no', sabía que era 'no' todo el aire que la estuvo rodeando.

Nunca supe cuál fue la anécdota elegida por Bob para aquello; en todo caso, estoy seguro de que no mintió, de que entonces nada —ni Inés— podían hacerlo mentir. No vi más a Inés ni tampoco a su forma vacía y endurecida; supe que se casó y que no vive ya en Buenos Aires. Por entonces, en medio del odio y el sufrimiento, me gustaba imaginar a Bob imaginando mis hechos y eligiendo la cosa justa o el conjunto de cosas que fue capaz de matarme en Inés y matarla a ella para mí.

Ahora hace cerca de un año que veo a Bob casi diariamente, en el mismo café, rodeado de la misma gente. Cuando nos presentaron —hoy se llama Roberto— comprendí que el pasado no tiene tiempo y el ayer se junta allí con la fecha de diez años atrás. Algún gastado rastro de Inés había aún en su cara, y un movimiento de la boca de Bob alcanzó para que yo volviera a ver el alargado cuerpo de la muchacha, sus calmosos y desenvueltos pasos, y para que los mismos inalterados ojos azules volvieran a mirarme bajo un flojo peinado que cruzaba y sujetaba una cinta roja. Ausente y perdida para siempre, podía conservarse viviente e intacta, definitivamente inconfundible, idéntica a lo esencial suyo. Pero era trabajoso escarbar en la cara, las palabras y los gestos de Roberto para encontrar a Bob y poder odiarlo. La tarde del primer encuentro esperé durante horas a que se quedara solo o saliera, para hablarle y golpearlo. Quieto y silencioso, espiando a veces su cara o evocando a Inés en las ventanas brillantes del café, compuse mañosamente las frases de insulto y encontré el paciente tono con que iba a decírselas, elegí el sitio de su cuerpo donde dar el primer golpe. Pero se fue al anochecer, acompañado por los tres amigos, y resolví esperar, como había esperado él años atrás, la noche propicia en que estuviera solo.

Cuando volví a verlo, cuando iniciamos esta segunda amistad que espero no terminará ya nunca, dejé de pensar en toda forma de ataque. Quedó resuelto que no le hablaría jamás de Inés ni del pasado y que, en silencio, yo mantendría todo aquello viviente dentro de mí. Nada más que esto hago, casi todas las tardes, frente a Roberto y las caras familiares del café. Mi odio se conservará cálido y nuevo mientras pueda seguir viendo y escuchando a Roberto; nadie sabe de mi venganza, pero la vivo, gozosa y enfurecida, un día y otro. Hablo con él, sonrío, fumo, tomo café. Todo el tiempo pensando en Bob, en su pureza, su fe, en la audacia de sus pasados sueños. Pensando en el Bob que amaba la música, en el Bob que planeaba ennoblecer la vida de los hombres construyendo una ciudad de enceguecedora belleza, para cinco millones de habitantes, a lo largo de la costa del río; el Bob que no podía mentir nunca; el Bob que proclamaba la lucha de jóvenes contra viejos, el Bob dueño del futuro y del mundo. Pensando minucioso y plácido en todo eso frente al hombre de dedos sucios de tabaco llamado Roberto, que lleva una vida grotesca, trabajando en cualquier hedionda oficina, casado con una gorda mujer a quien nombra 'mi señora'; el hombre que se pasa estos largos domingos hundido en el asiento del café examinando diarios y jugando a las carreras por teléfono.

Nadie amó a mujer alguna con la fuerza con que yo amo su ruindad, su definitiva manera de estar hundido en la sucia vida de los hombres. Nadie se arrobó de amor como yo lo hago ante sus fugaces sobresaltos, los proyectos sin convicción que un destruido y lejano Bob le dicta algunas veces y que sólo sirven para que mida con exactitud hasta dónde está emporcado para siempre.

No sé si nunca en el pasado he dado la bienvenida a Inés con tanta alegría y amor como diariamente doy la bienvenida a Bob al tenebroso y maloliente mundo de los adultos. Es todavía un recién llegado y de vez en cuando sufre sus crisis de nostalgia. Lo he visto lloroso y borracho, insultándose y jurando el inminente regreso a los días de Bob. Puedo asegurar que entonces mi corazón desborda de amor y se hace sensible y cariñoso como el de una madre. En el fondo sé que no se irá nunca, porque no tiene sitio adonde ir; pero me hago delicado y paciente y trato de conformarlo. Como ese puñado de tierra natal, o esas fotografías de calles y monumentos, o las canciones que gustan traer consigo los inmigrantes, voy construyendo para él planes, creencias y mañanas distintos que tienen la luz y el sabor del país de juventud de donde él llegó hace un tiempo. Y él acepta; protesta siempre para que redoble mis promesas, pero termina por decir que sí, acaba por muequear una sonrisa creyendo que algún día habrá de regresar al mundo y las horas de Bob y queda en paz en medio de sus treinta años, moviéndose sin disgusto ni tropiezo entre los cadáveres pavorosos de las antiguas ambiciones, las formas repulsivas de los sueños que se fueron gastando bajo la presión distraída y constante de tantos miles de pies inevitables.

# Esbjerg, en la costa

Menos mal que la tarde se ha hecho menos fría y a veces el sol, aguado, ilumina las calles y las paredes; porque a esta hora deben estar caminando en Puerto Nuevo, junto al barco o haciendo tiempo de un muelle a otro, del quiosco de la Prefectura al quiosco de los *sandwiches*. Kirsten, corpulenta, sin tacos, un sombrero aplastado en su pelo amarillo; y él, Montes, bajo, aburrido y nervioso, espiando la cara de la mujer, aprendiendo sin saberlo nombres de barcos, siguiendo distraído las maniobras con los cabos.

Me lo imagino pasándose los dientes por el bigote mientras pesa sus ganas de empujar el cuerpo campesino de la mujer, engordado en la ciudad y el ocio, y hacerlo caer en esa faja de agua, entre la piedra mojada y el hierro negro de los buques donde hay ruido de hervor y escasea el espacio para que uno pueda sostenerse a flote. Sé que están allí porque Kirsten vino hoy a mediodía a buscar a Montes a la oficina y los vi irse caminando hacia Retiro, y porque ella vino con su cara de lluvia; una cara de estatua en invierno, cara de alguien que se quedó dormido y no cerró los ojos bajo la lluvia. Kirsten es gruesa, pecosa, endurecida; tal vez tenga ya olor a bodega, a red de pescadores; tal vez llegara tener el olor inmóvil de establo y de crema que imagino debe haber en su país.

Pero otras veces tienen que ir al muelle a medianoche o al amanecer, y pienso que cuando las bocinas de los barcos le permiten a Montes oír cómo avanza ella en las piedras, arrastrando sus zapatos de varón, el pobre diablo debe sentir que se va metiendo en la noche del brazo de la desgracia. Aquí en el diario están los anuncios de las salidas de barcos en este mes, y juraría que puedo verlo a Montes soportando la inmovilidad desde que el buque da el bocinazo y empieza a moverse hasta que está tan chico que no vale la pena seguir mirando; moviendo a veces los ojos — para preguntar y preguntar, sin entender nunca, sin que le contesten— hacia la cara carnosa de la mujer que habrá de estar aquietándose, contraída durante pedazos de hora, triste y fría, como si le lloviese en el sueño y hubiese olvidado cerrar los ojos, muy grandes, casi lindos, teñidos con el color que tiene el agua del río en los días en que el barro no está revuelto.

Conocí la historia, sin entenderla bien, la misma mañana en que Montes vino a contarme que había tratado de robarme, que me había escondido muchas jugadas del sábado y del domingo para bancarlas él, y que ahora no podía pagar lo que le habían ganado. No me importaba saber por qué lo había hecho, pero él estaba enfurecido por la necesidad de decirlo, y tuve que escucharlo mientras pensaba en la suerte, tan amiga de sus amigos, y sólo de ellos, y sobre todo para no enojarme, que a fin de cuentas si aquel imbécil no hubiese tratado de robarme, los tres mil pesos tendrían que salir de mi bolsillo. Lo insulté hasta que no pude encontrar nuevas palabras, y usé todas las maneras de humillarlo que se me ocurrieron hasta que quedó indudable que él era un pobre hombre, un sucio amigo, un canalla y un ladrón; y también resultó indudable que él estaba de acuerdo, que no tenía inconvenientes en reconocerlo delante de cualquiera si alguna vez yo tenía el capricho de ordenarle hacerlo. Y también desde aquel lunes quedó establecido que cada vez que yo insinuara que él era un canalla, indirectamente, mezclando la alusión en cualquier charla, estando nosotros en cualquier circunstancia. él habría de comprender al instante el sentido de mis palabras y hacerme saber con una sonrisa corta, moviendo apenas hacia un lado el bigote, que me había entendido y que yo tenía razón. No lo convinimos con palabras, pero así sucede desde entonces. Pagué los tres mil pesos sin decirle nada, y lo tuve unas semanas sin saber si me resolvería a ayudarlo o a perseguirlo; después lo llamé y le dije que sí, que aceptaba la propuesta y que podía empezar a trabajar en mi oficina por doscientos pesos mensuales que no cobraría. Y en poco más de un año, menos de un año y medio, habría pagado lo que debía y estaría libre para irse a buscar una cuerda para colgarse. Claro que no trabaja para mí; yo no podía usar a Montes para nada desde que era imposible que siguiese atendiendo las jugadas de carreras. Tengo esta oficina de remates y comisiones para estar más tranquilo, poder recibir gente y usar los teléfonos. Así que él empezó a trabajar para Serrano, que es mi socio en algunas cosas y tiene el escritorio junto al mío. Serrano le paga el sueldo, o me lo paga a mí y lo tiene todo el día de la aduana a los depósitos, de una punta a otra de la ciudad. A mí no me convenía que nadie supiese que un empleado mío no era tan seguro como una ventanilla del hipódromo; así que nadie lo sabe.

Creo que me contó la historia, o casi toda, el primer día, el lunes, cuando vino a verme encogido como un perro, con la cara verde y un brillo de sudor enfriado, repugnante, en la frente y a los lados de la nariz. Me debe haber contado el resto de las cosas después, en las pocas veces que hablamos.

Empezó junto con el invierno, con esos primeros fríos secos que nos hacen pensar a todos, sin darnos cuenta de lo que estamos pensando, que el aire fresco y limpio es un aire de buenos negocios, de escapadas con los amigos, de proyectos enérgicos; un aire lujoso, tal vez sea esto. Él, Montes, volvió a su casa en un anochecer de ésos, y encontró a la mujer sentada al lado de la cocina de hierro y mirando el fuego que ardía adentro. No veo la importancia de esto; pero él lo contó así y lo estuvo repitiendo. Ella estaba triste y no quiso decir por qué, y siguió triste, sin ganas de hablar, aquella noche y durante una semana más. Kirsten es gorda, pesada y debe tener una piel muy hermosa. Estaba triste y no quería decirle qué le pasaba. 'No tengo nada', decía, como dicen todas las mujeres en todos los países. Después se dedicó a llenar la casa con fotografías de Dinamarca, del Rey, los ministros, los paisajes con vacas y montañas o como sean. Seguía diciendo que no le pasaba nada, y el imbécil de Montes imaginaba una cosa y otra sin acertar nunca. Después empezaron a llegar cartas de Dinamarca; él no entendía una palabra y ella le explicó que había escrito a unos parientes lejanos y ahora llegaban las respuestas, aunque las noticias no eran muy buenas. El dijo en broma que ella quería irse, y Kirsten lo negó. Y aquella noche o en otra muy próxima le tocó el hombro cuando él empezaba a dormirse y estuvo insistiendo en que no quería irse; él se puso a fumar y le dio la razón en todo mientras ella hablaba, como si estuviese diciendo palabras de memoria, de Dinamarca, la bandera con una cruz y un camino en el monte por donde se iba a la iglesia. Todo y de esta manera para convencerlo de que era enteramente feliz con América y con él, hasta que Montes se durmió en paz.

Por un tiempo siguieron llegando y saliendo cartas, y de repente una noche ella apagó la luz cuando estaban en la cama y dijo: 'Si me dejás, te voy a contar una cosa, y tenés que oírla sin decir nada.[4] El dijo que sí, y se mantuvo estirado, inmóvil al lado de ella, dejando caer ceniza del cigarrillo en el doblez de la sábana, con la atención pronta, como un dedo en un gatillo, esperando que apareciera un hombre en lo que iba contando la mujer. Pero ella no habló de ningún hombre, y con la voz ronca y blanda, como si acabara de llorar, le dijo que podían dejarse las bicicletas en la calle, o los negocios abiertos cuando uno va a la igiesia o a cualquier lado, porque en Dinamarca no hay ladrones; le dijo que los árboles eran más grandes y más viejos que los de cualquier lugar del mundo, y que tenían olor, cada árbol un olor que no podía ser confundido, que se conservaba único aun mezclado con los otros olores de los bosques; dijo que al amanecer uno se despertaba cuando empezaban a chillar pájaros de mar y se oía el ruido de las escopetas de los cazadores; y allí la primavera está creciendo escondida debajo de la nieve hasta que salta de golpe y lo invade todo como una inundación, y la gente hace comentarios sobre el deshielo. Ese es el tiempo, en Dinamarca, en que hay más movimiento en los pueblos de pescadores.

También ella repetía: *Esbjerg er nærved kysten*,[5] y esto era lo que más impresionaba a Montes, aunque no lo entendía: dice él que esto le contagiaba las ganas de llorar que había en la voz de su mujer cuando ella le estaba contando todo eso, en voz baja, con esa música que sin querer usa la gente cuando está rezando. Una y otra vez. Eso que no entendía lo ablandaba, lo llenaba de lástima por la mujer —más pesada que él, más fuerte—, y quería protegerla como a una nena perdida. Debe ser, creo, porque la frase que él no podía comprender era lo más lejano, lo más extranjero, lo que salía de la parte desconocida de ella. Desde aquella noche empezó a

[4] *If you let me, I'm going to tell you something, and you have to hear it without saying anything.*
[5] (Danish) *Esbjerg is near the coast.*

sentir una piedad que crecía y crecía, como si ella estuviese enferma, cada dia más grave, sin posibilidad de curarse.

Asi fue como llegó a pensar que podría hacer una cosa grande, una cosa que le haría bien a él mismo, que lo ayudaría a vivir y serviría para consolarlo durante años. Se le ocurrió conseguir el dinero para pagarle el viaje a Kirsten hasta Dinamarca. Anduvo preguntando cuando aún no pensaba realmente en hacerlo, y supo que hasta con dos mil pesos alcanzaba. Después no se dio cuenta de que tenía adentro la necesidad de conseguir dos mil pesos. Debe haber sido así, sin saber lo que le estaba pasando. Conseguir los dos mil pesos y decírselo a ella una noche de sábado, de sobremesa en un restaurante caro, mientras tomaban la última copa de buen vino. Decirlo y ver en la cara de ella, un poco enrojecida por la comida y el vino, que Kirsten no le creía; que pensaba que él mentía, durante un rato, para pasar después, despacio, al entusiasmo y la alegría, después a las lágrimas y a la decisión de no aceptar. 'Ya se me va a pasar', diría ella; y Montes insistiría hasta convencerla, y convencerla además de que no buscaba separarse de ella y que acá estaría esperándola el tiempo necesario.

Algunas noches, cuando pensaba en la oscuridad en los dos mil pesos, en la manera de conseguirlos y en la escena en que estarían sentados en un reservado del Scopelli, un sábado, y con la cara seria, con un poco de alegría en los ojos empezaba a decírselo, empezaba por preguntarle qué día quería embarcarse; algunas noches en que él soñaba en el sueño de ella, esperando dormirse, Kirsten volvió a hablarle de Dinamarca. En realidad, no era Dinamarca; sólo una parte del país, un pedazo muy chico de tierra donde ella había nacido, había aprendido un lenguaje, donde había estado bailando por primera vez con un hombre y había visto morir a alguien que quería. Era un lugar que ella había perdido como se pierde una cosa, y sin poder olvidarlo. Le contaba otras historias, aunque casi siempre repetía las mismas, y Montes se creía que estaba viendo en el dormitorio los caminos por donde ella había caminado, los árboles, la gente y los animales.

Muy corpulenta, disputándole la cama sin saberlo, la mujer estaba cara al techo, hablando; y él siempre estaba seguro de saber cómo se le arqueaba la nariz sobre la boca, cómo se entornaban un poco los ojos en medio de las arrugas delgadas y cómo se sacudía apenas el mentón de Kirsten al pronunciar las frases con su voz entrecortada, hecha con la profundidad de la garganta, un poco fatigosa para estarla oyendo.

Entonces Montes pensó en créditos en los bancos, en prestamistas y hasta pensó que yo podría darle dinero. Algún sábado o un domingo se encontró pensando en el viaje de Kirsten mientras estaba con Jacinto en mi oficina atendiendo los teléfonos y tomando jugadas para Palermo o La Plata.[6] Hay días flojos, de apenas mil pesos de apuestas; pero a veces aparece alguno de los puntos fuertes y el dinero llega y también pasa de los cinco mil. El tenía que llamarme por teléfono, antes de cada carrera, y decirme el estado de las jugadas; si había mucho peligro —a veces se siente—, yo trataba de cubrirme pasando jugadas a Vélez, a Martín o al *Vasco*. Se le ocurrió que podía no avisarme, que podía esconderme tres o cuatro de las jugadas más fuertes, hacer frente, él solo, a un millar de boletos, y jugarse, si tenía coraje, el viaje de su mujer contra un tiro en la cabeza. Podía hacerlo si se animaba; Jacinto no tenía cómo enterarse de cuántos boletos jugaban en cada llamada del teléfono. Montes me dijo que lo estuvo pensando cerca de un mes; parece razonable, parece que un tipo como él tiene que haber dudado y padecido mucho antes de ponerse a sudar de nerviosidad entre los campanillazos de los teléfonos. Pero yo apostaría mucha plata a que en eso miente; jugaría a que lo hizo en un momento cualquiera, que se decidió de golpe, tuvo un ataque de confianza y empezó a robarme tranquilamente al lado del bestia de Jacinto, que no sospechó nada, que sólo comentó después: 'Ya decía yo que eran pocos boletos para una tarde así.' Estoy seguro de que Montes tuvo una corazonada y que sintió que iba a ganar y que no lo había planeado.

Así fue como empezó a tragarse jugadas que se convirtieron en tres mil pesos y se puso a pasearse sudando y desesperado por la oficina, mirando las planillas, mirando el cuerpo de gorila con camisa de seda cruda de Jacinto, mirando por la ventana la diagonal que empezaba a llenarse de autos en el atardecer. Así. fue,

---

[6]Racecourses in Palermo and La Plata.

cuando comenzó a enterarse de que perdía y que los dividendos iban creciendo, cientos de pesos a cada golpe del teléfono, como estuvo sudando ese sudor especial de los cobardes, grasóso, un poco verde, helado, que trajo en la cara cuando en el mediodía del lunes tuvo al fin en las piernas la fuerza para volver a la oficina y hablar conmigo.

Se lo dijo a ella antes de tratar de robarme; le habló de que iba a suceder algo muy importante y muy bueno; que había para ella un regalo que no podía ser comparado ni era una cosa concreta que pudiese tocar. De manera que después se sintió obligado a hablar con ella y contarle la desgracia; y no fue en el reservado del Scopelli, ni tomando un *Chianti* importado, sino en la cocina de su casa, chupando la bombilla del mate mientras la cara redonda de ella, de perfil y colorada por el reflejo, miraba al fuego saltar adentro de la cocina de hierro. No sé cuánto habrán llorado; después de eso él arregló pagarme con el empleo y ella consiguió un trabajo.

La otra parte de la historia empezó cuando ella, un tiempo después, se acostumbró a estar fuera de su casa durante horas que nada tenían que ver con su trabajo; llegaba tarde cuando se citaban, y a veces se levantaba muy tarde por la noche, se vestía y se iba afuera sin una palabra. El no se animaba a decir nada, no se animaba a decir mucho y atacar de frente, porque están viviendo de lo que ella gana, y de su trabajo con Serrano no sale más que alguna copa que le pago de vez en cuando. Así que se calló la boca y aceptó su turno de molestarla a ella con su malhumor, un malhumor distinto y que se agrega al que se les vino encima desde la tarde en que Montes trató de robarme y que pienso no los abandonará hasta que se mueran. Desconfió y se estuvo llenando de ideas estúpidas, hasta que un día la siguió y la vio ir al puerto y arrastrar los zapatos por las piedras, sola, y quedarse mucho tiempo endurecida mirando para el lado del agua, cerca, pero aparte de las gentes que van a despedir a los viajeros. Como en los cuentos que ella le había contado, no había ningún hombre. Esa vez hablaron, y ella le explicó; Montes también insiste en otra cosa que no tiene importancia: porfía, como si yo no pudiera creérselo, que ella se lo explicó con voz natural y que no estaba triste ni con odio ni confundida. Le dijo que iba siempre al puerto, a cualquier hora, a mirar los barcos que salen para Europa. El tuvo miedo por ella y quiso luchar contra esto, quiso convencerla de que lo que estaba haciendo era peor que quedarse en casa; pero Kirsten siguió hablando con voz natural, y dijo que le hacía bien hacerlo y que tendría que seguir yendo al puerto a mirar cómo se van los barcos, hacer algún saludo o simplemente mirar hasta cansarse los ojos, cuantas veces pudiera hacerlo.

Y él terminó por convencerse de que tiene el deber de acompañarla, que así paga en cuotas la deuda que tiene con ella, como está pagando la que tiene conmigo; y ahora, en esta tarde de sábado, como en tantas noches y mediodías, con buen tiempo o a veces con una lluvia que se agrega a la que siempre le está regando la cara a ella, se van juntos más allá de Retiro, caminan por el muelle hasta que el barco se va, se mezclan un poco con gentes con abrigos, valijas, flores y pañuelos, y cuando el barco empieza a moverse, después del bocinazo, se ponen duros y miran, miran hasta que no pueden más, cada uno pensando en cosas tan distintas y escondidas, pero de acuerdo, sin saberlo, en la desesperanza y en la sensación de que cada uno está solo, que siempre resulta asombrosa cuando nos ponemos a pensar.

## El infierno tan temido

La primera carta, la primera fotografía, le llegó al diario entre la medianoche y el cierre. Estaba golpeando la máquina, un poco hambriento, un poco enfermo por el café y el tabaco, entregado con familiar felicidad a la marcha de la frase y a la aparición dócil de las palabras. Estaba escribiendo: 'Cabe destacar que los señores comisarios nada vieron de sospechoso y ni siquiera de poco común en el triunfo consagratorio de Play Boy, que supo sacar partido de la cancha de invierno, dominar como saeta en la instancia decisiva',[7] cuando vio la mano roja y manchada de tinta de Partidarias[8] entre su cara y la máquina, ofreciéndole el sobre.

—Esta es para vos. Siempre entreveran la correspondencia. Ni una maldita citación de los clubs, después vienen a llorar, cuando se acercan las elecciones ningún espacio les parece bastante. Y ya es medianoche y decime con qué querés que llene la columna.[9]

El sobre decía su nombre, Sección Carreras, *El Liberal*.[10] Lo único extraño era el par de estampillas verdes y el sello de Bahía.[11] Terminó el artículo cuando subían del taller para reclamárselo. Estaba débil y contento, casi solo en el excesivo espacio de la redacción, pensando en la última frase: 'Volvemos a afirmarlo, con la objetividad que desde hace años ponemos en todas nuestras aseveraciones. Nos debemos al público aficionado.' El negro, en el fondo, revolvía sobres del archivo y la madura mujer de Sociales[12]

---

[7]*We should emphasise that the stewards saw nothing suspicious or even unusual in the crowning victory of Play Boy, who was able to take advantage of the winter turf and shoot into the lead at the decisive moment.*

[8]*'Political News'.*

[9]*This is for you. They always get the letters mixed up. Not one damned invitation from the local branches, and then they come and cry on your shoulder and when the elections arrive they want all the space they can get. And it's midnight already and tell me how I'm going to get the column done.*

[10]*Racing Section*, El Liberal (newspaper).

[11]*the pair of green stamps and the Bahía [Brazil] postmark.*

[12]*'Society News'.*

se quitaba lentamente los guantes en su cabina de vidrio, cuando Risso abrió descuidado el sobre.

Traía una foto, tamaño postal; era una foto parda, escasa de luz, en la que el odio y la sordidez se acrecentaban en los márgenes sombríos, formando gruesas franjas indecisas, como en relieve, como gotas de sudor rodeando una cara angustiada. Vio por sorpresa, no terminó de comprender, supo que iba a ofrecer cualquier cosa por olvidar lo que había visto.

Guardó la fotografía en un bolsillo y se fue poniendo el sobretodo, mientras Sociales salía fumando de su garita de vidrio con un abanico de papeles en la mano.

—¡Hola! —dijo ella—, ya me ve, a estas horas, recién termina el sarao.[13]

Risso la miraba desde arriba. El pelo claro, teñido, las arrugas del cuello, la papada que caía redonda y puntiaguda como un pequeño vientre, las diminutas, excesivas alegrías que le adornaban las ropas. 'Es una mujer, también ella. Ahora le miro el pañuelo rojo en la garganta, las uñas violetas[14] en los dedos viejos y sucios de tabaco, los anillos y pulseras, el vestido que le dio en pago un modisto y no un amante,[15] los tacos interminables tal vez torcidos, la curva triste de la boca, el entusiasmo casi frenético que le impone a las sonrisas. Todo va a ser más fácil si me convenzo de que también ella es una mujer.'

—Parece una cosa hecha por gusto, planeada. Cuando yo llego, usted se va, como si siempre me estuviera disparando.[16] Hace un frío de polo afuera. Me dejan el material como me habían prometido, pero ni siquiera un nombre, un epígrafe. Adivine, equivóquese, publique un disparate fantástico. No conozco más nombres que el de los contrayentes y gracias a Dios. Abundancia y mal gusto, eso es lo que había. Agasajaron a sus amistades con una brillante recepción en casa de los padres de la novia. Ya nadie bien se casa en sábado.[17] Prepárese, viene un frío de polo desde la rambla.

---

[13]*the party's just ending.*
[14]All the texts have *violentas*, but *violetas* must be intended.
[15]The implication here is that Sociales had slept with a fashion designer, not out of love, but for a pretty dress.
[16]*as if you were always running away from me.*
[17]*Nobody who's anybody gets married on a Saturday.*

Cuando Risso se casó con Gracia César, nos unimos todos en el silencio, suprimimos los vaticinios pesimistas. Por aquel tiempo, ella estaba mirando a los habitantes de Santa María desde las carteleras de El Sótano, Cooperativa Teatral, desde las paredes hechas vetustas por el final del otoño. Intacta a veces, con bigotes de lápiz o desgarrada por uñas rencorosas, por las primeras lluvias otras, volvía a medias la cabeza para mirar la calle, alerta, un poco desafiante, un poco ilusionada por la esperanza de convencer y ser comprendida. Delatada por el brillo sobre los lacrimales que había impuesto la ampliación fotográfica de Estudios Orloff, había también en su cara la farsa del amor por la totalidad de la vida, cubriendo la busca resuelta y exclusiva de la dicha.

Lo cual estaba bien, debe haber pensado él, era deseable y necesario, coincidía con el resultado de la multiplicación de los meses de viudez de Risso por la suma de innumerables madrugadas idénticas de sábado en que había estado repitiendo con acierto actitudes corteses de espera y familiaridad en el prostíbulo de la costa. Un brillo, el de los ojos del afiche, se vinculaba con la frustrada destreza con que él volvía a hacerle el nudo a la siempre flamante y triste corbata de luto frente al espejo ovalado y móvil del dormitorio del prostíbulo.

Se casaron, y Risso creyó que bastaba con seguir viviendo como siempre, pero dedicándole a ella, sin pensarlo, sin pensar casi en ella, la furia de su cuerpo, la enloquecida necesidad de absolutos que lo poseía durante las noches alargadas.

Ella imaginó a Risso un puente, una salida, un principio. Había atravesado virgen dos noviazgos —un director, un actor—, tal vez porque para ella el teatro era un oficio además de un juego y pensaba que el amor debía nacer y conservarse aparte, no contaminado por lo que se hace para ganar dinero y olvido. Con uno y otro estuvo condenada a sentir en las citas en las plazas, la rambla o el café, la fatiga de los ensayos, el esfuerzo de adecuación,[18] la vigilancia de la voz y de las manos. Presentía su propia cara siempre un segundo antes de cualquier expresión, como si pudiera mirarla o palpársela. Actuaba animosa e incrédula,

[18]*the effort of adapting (herself to her role).*

medía sin remedio su farsa y la del otro, el sudor y el polvo del teatro que los cubrían, inseparables, signos de la edad.

Cuando llegó la segunda fotografía, desde Asunción y con un hombre visiblemente distinto, Risso temió, sobre todo, no ser capaz de soportar un sentimento desconocido que no era ni odio ni dolor, que moriría con él sin nombre, que se emparentaba con la injusticia y la fatalidad, con el primer miedo del primer hombre sobre la tierra, con el nihilismo y el principio de la fe.

La segunda fotografía le fue entregada por Policiales,[19] un miércoles de noche. Los jueves eran los días en que podía disponer de su hija desde las diez de la mañana hasta las diez de la noche. Decidió romper el sobre sin abrirlo, lo guardó, y recién en la mañana del jueves mientras su hija lo esperaba en la sala de la pensión, se permitió una rápida mirada a la cartulina, antes de romperla sobre el *waterclós*: también aquí el hombre estaba de espaldas.

Pero había mirado muchas veces la foto de Brasil. La conservó durante un día entero, y en la madrugada estuvo imaginando una broma, un error, un absurdo transitorio. Le había sucedido ya, había despertado muchas veces de una pesadilla, sonriendo servil y agradecido a las flores de las paredes del dormitorio.

Estaba tirado en la cama cuando extrajo el sobre del saco y la foto del sobre.

—Bueno —dijo en voz alta—, está bien, es cierto y es así. No tiene ninguna importancia, aunque no lo viera sabría qué sucede.

(Al sacar la fotografía con el disparador automático, al revelarla en el cuarto oscurecido, bajo el brillo rojo y alentador de la lámpara, es probable que ella haya previsto esta reacción de Risso, este desafío, esta negativa a liberarse en el furor. Había previsto también, o apenas deseado, con pocas, mal conocidas esperanzas, que él desenterrara de la evidente ofensa, de la indignidad asombrosa, un mensaje de amor.)

Volvió a protegerse antes de mirar: 'Estoy solo y me estoy muriendo de frío en una pensión de la calle Piedras, en Santa

[19]'Crime News'.

María, en cualquier madrugada, solo y arrepentido de mi soledad, como si la hubiera buscado, orgulloso como si la hubiera merecido.'

En la fotografía la mujer sin cabeza clavaba ostentosamente los talones en un borde de diván, aguardaba la impaciencia del hombre oscuro, agigantado por el inevitable primer plano, estaría segura de que no era necesario mostrar la cara para ser reconocida. En el dorso, su letra calmosa decía 'Recuerdos de Bahía'.

En la noche correspondiente a la segunda fotografía pensó que podía comprender la totalidad de la infamia y aun aceptarla. Pero supo que estaban más allá de su alcance la deliberación, la persistencia, el organizado frenesí con que se cumplía la venganza. Midió su desproporción, se sintió indigno de tanto odio, de tanto amor, de tanta voluntad de hacer sufrir.

Cuando Gracia conoció a Risso, pudo suponer muchas cosas actuales y futuras. Adivinó su soledad mirándole la barbilla y un botón del chaleco; adivinó que estaba amargado y no vencido, y que necesitaba un desquite y no quería enterarse. Durante muchos domingos le estuvo mirando en la plaza, antes de la función, con cuidadoso cálculo, la cara hosca y apasionada, el sombrero pringoso abandonado en la cabeza, el gran cuerpo indolente, que él empezaba a dejar engordar. Pensó en el amor la primera vez que estuvieron solos, o en el deseo, o en el deseo de atenuar con su mano la tristeza del pómulo y la mejilla del hombre. También pensó en la ciudad, en que la unica sabiduría posible era la de resignarse a tiempo. Tenía veinte años y Risso cuarenta. Se puso a creer en él, descubrió intensidades de la curiosidad, se dijo que sólo se vive de veras cuando cada día rinde su sorpresa.

Durante las primeras semanas se encerraba para reírse a solas, se impuso adoraciones fetichistas, aprendió a distinguir los estados de ánimo por los olores. Se fue orientando para descubrir qué había detrás de la voz, de los silencios, de los gustos y de las actitudes del cuerpo del hombre. Amó a la hija de Risso y le modificó la cara, exaltando los parecidos con el padre. No dejó el teatro porque el Municipio acababa de subvencionarlo y ahora tenía ella en el sótano un sueldo seguro, un mundo separado de su casa, de su dormitorio, del hombre frenético e indestructible. No buscaba alejarse de la lujuria; quería descansar y olvidarla, permitir que la lujuria descansara y olvidara. Hacía planes y los cumplía, estaba segura de la infinitud del universo del amor, segura de que cada noche les ofrecería un asombro distinto y recién creado.

—Todo —insistía Risso—, absolutamente todo puede sucedernos, y vamos a estar siempre contentos y queriéndonos. Todo; ya sea que invente Dios o inventemos nosotros.

En realidad, nunca había tenido antes una mujer y creía fabricar lo que ahora le estaban imponiendo. Pero no era ella quien lo imponía, Gracia César, hechura de Risso, segregada de él para completarlo, como el aire al pulmón, como el invierno al trigo

La tercera foto demoró tres semanas. Venía también de Paraguay y no le llegó al diario, sino a la pensión y se la trajo la mucama al final de una tarde en que él despertaba de un sueño en que le había sido aconsejado defenderse del pavor y la demencia conservando toda futura fotografía en la cartera y hacerla anecdótica, impersonal, inofensiva, mediante un centenar de distraídas miradas diarias.

La mucama golpeó la puerta y él vio colgar el sobre de las tablillas de la persiana, comenzó a percibir cómo destilaba en la penumbra, en el aire sucio, su condición nociva, su vibrátil amenaza. Lo estuvo mirando desde la cama como a un insecto, como a un animal venenoso que se aplastara a la espera del descuido, del error propicio.

En la tercera fotografía ella estaba sola, empujando con su blancura las sombras de una habitación mal iluminada, con la cabeza dolorosamente echada hacia atrás, hacia la cámara, cubiertos a medias los hombros por el negro pelo suelto, robusta y cuadrúpeda.[20] Tan inconfundible ahora como si se hubiera hecho fotografiar en cualquier estudio y hubiera posado con la más tierna, significativa y oblicua de sus sonrisas.

Sólo tenía ahora, Risso, una lástima irremediable por ella, por él, por todos los amantes que habían amado en el mundo, por la verdad y error de sus creencias, por el simple absurdo del amor y por el complejo absurdo del amor creado por los hombres.

[20]on all fours.

74

Pero también rompió esta fotografía y supo que le sería imposible mirar otra y seguir viviendo. Pero en el plano mágico en que habían empezado a entenderse y a dialogar, Gracia estaba obligada a enterarse de que él iba a romper las fotos apenas llegaran, cada vez con menos curiosidad, con menor remordimiento.

En el plano mágico, todos los groseros o tímidos hombres urgentes no eran más que obstáculos, ineludibles postergaciones del acto ritual de elegir en la calle, en el restaurante o en el café al más crédulo e inexperto, al que podía prestarse sin sospecha y con un cómico orgullo a la exposición frente a la cámara y al disparador, al menos desagradable entre los que pudieran creerse aquella memorizada argumentación de viajante de comercio.

—Es que nunca tuve un hombre así, tan único, tan distinto. Y nunca sé, metida en esta vida de teatro, dónde estaré mañana y si volveré a verte. Quiero, por lo menos mirarte en una fotografía cuando estemos lejos y te extrañe.

Y después de la casi siempre fácil convicción, pensando en Risso o dejando de pensar para mañana, cumpliendo el deber que se había impuesto, disponía las luces, preparaba la cámara y encendía al hombre. Si pensaba en Risso, evocaba un suceso antiguo, volvía a reprocharle no haberle pegado, haberla apartado para siempre con un insulto desvaído, una sonrisa inteligente, un comentario que la mezclaba a ella con todas las demás mujeres. Y sin comprender; demostrando, a pesar de noches y frases, que no había comprendido nunca.

Sin exceso de esperanzas, trajinaba sudorosa por la siempre sórdida y calurosa habitación de hotel, midiendo distancias y luces, corrigiendo la posición del cuerpo envarado del hombre. Obligando, con cualquier recurso, señuelo, mentira crapulosa, a que se dirigiera hacia ella la cara cínica y desconfiada del hombre de turno. Trataba de sonreír y de tentar, remedaba los chasquidos cariñosos que se hacen a los recién nacidos, calculando el paso de los segundos, calculando al mismo tiempo la intensidad con que la foto aludiría a su amor con Risso.

Pero como nunca pudo saber esto, como incluso ignoraba si las fotografías llegaban o no a manos de Risso, comenzó a intensificar las evidencias de las fotos y las convirtió en documentos que muy poco tenían que ver con ellos, Risso y Gracia.

Llegó a permitir y ordenar que las caras adelgazadas por el deseo, estupidizadas por el viejo sueño masculino de la posesión, enfrentaran el agujero de la cámara con una dura sonrisa, con una avergonzada insolencia. Consideró necesario dejarse resbalar de espaldas e introducirse en la fotografía, hacer que su cabeza, su corta nariz, sus grandes ojos impávidos descendieran desde la nada del más allá de la foto para integrar la suciedad del mundo, la torpe, errónea visión fotográfica, las sátiras del amor que se había jurado mandar regularmente a Santa María. Pero su verdadero error fue cambiar las direcciones de los sobres.

La primera separación, a los seis meses del casamiento, fue bienvenida y exageradamente angustiosa. El Sótano —ahora Teatro Municipal de Santa María— subió hasta El Rosario.[21] Ella reiteró allí el mismo viejo juego alucinante de ser una actriz entre actores, de creer en lo que sucedía en el escenario. El público se emocionaba, aplaudía o no se dejaba arrastrar. Puntualmente se imprimían programas y críticas; y la gente aceptaba el juego y lo prolongaba hasta el fin de la noche, hablando de lo que había visto y oído, y pagado para ver y oír, conversando con cierta desesperación, con cierto acicateado entusiasmo, de actuaciones, decorados, parlamentos y tramas.

De modo que el juego, el remedo, alternativamente melancólico y embriagador, que ella iniciaba acercándose con lentitud a la ventana que caía sobre el *fjord,* estremeciéndose y murmurando para toda la sala: 'Tal vez ... pero yo también llevo una vida de recuerdos que permanecen extraños a los demás', también era aceptado en El Rosario. Siempre caían naipes en respuesta al que ella arrojaba, el juego se formalizaba y ya era imposible distraerse y mirarlo de afuera.

La primera separación duró exactamente cincuenta y dos días, y Risso trató de copiar en ellos la vida que había llevado con Gracia

---

[21]Rosario, an Argentine city, upriver from Buenos Aires. In other Onettian stories set in Santa María, Rosario is likewise called El Rosario.

César durante los seis meses de matrimonio. Ir a la misma hora al mismo café, al mismo restaurante, ver a los mismos amigos, repetir en la rambla silencios y soledades, caminar de regreso a la pensión sufriendo obcecado las anticipaciones del encuentro, removiendo en la frente y en la boca imágenes excesivas que nacían de recuerdos perfeccionados o de ambiciones irrealizables.

Eran diez o doce cuadras, ahora solo y más lento, a través de noches molestadas por vientos tibios y helados, sobre el filo inquieto que separaba la primavera del invierno. Le sirvieron para medir su necesidad y su desamparo, para saber que la locura que compartían tenía, por lo menos, la grandeza de carecer de futuro, de no ser medio para nada.

En cuanto a ella, había creído que Risso daba un lema al amor común cuando susurraba, tendido, con fresco asombro, abrumado:

—Todo puede suceder, y vamos a estar siempre felices y queriéndonos.

Ya la frase no era un juicio, una opinión, no expresaba un deseo. Les era dictada e impuesta, era una comprobación, una verdad vieja. Nada de lo que ellos hicieran o pensaran podría debilitar la locura, el amor sin salida ni alteraciones. Todas las posibilidades humanas podían ser utilizadas y todo estaba condenado a servir de alimento.

Creyó que fuera de ellos, fuera de la habitación, se extendía un mundo desprovisto de sentido, habitado por seres que no importaban, poblado por hechos sin valor.

Así que sólo pensó en Risso, en ellos, cuando el hombre empezó a esperarla en la puerta del teatro, cuando la invitó y la condujo, cuando ella misma se fue quitando la ropa.

Era la última semana en El Rosario y ella consideró inútil hablar de aquello en las cartas a Risso; porque el suceso no estaba separado de ellos y a la vez nada tenía que ver con ellos; porque ella había actuado como un animal curioso y lúcido, con cierta lástima por el hombre, con cierto desdén por la pobreza de lo que estaba agregando a su amor por Risso. Y cuando volvió a Santa María, prefirió esperar hasta una víspera de jueves —porque los jueves Risso no iba al diario—, hasta una noche sin tiempo, hasta una madrugada idéntica a las veinticinco que llevaban vividas.

Lo empezó a contar antes de desvestirse, con el orgullo y la ternura de haber inventado, simplemente, una nueva caricia. Apoyado en la mesa, en mangas de camisa, él cerró los ojos y sonrió. Después la hizo desnudar y le pidió que repitiera la historia, ahora de pie, moviéndose descalza sobre la alfombra y casi sin desplazarse de frente y de perfil, dándole la espalda y balanceando el cuerpo mientras lo apoyaba en una pierna y otra. A veces ella veía la cara larga y sudorosa de Risso, el cuerpo pesado apoyándose en la mesa, protegiendo con los hombros el vaso de vino, y a veces sólo los imaginaba, distraída, por el afán de fidelidad en el relato, por la alegría de revivir aquella peculiar intensidad de amor que había sentido por Risso en El Rosario, junto a un hombre de rostro olvidado, junto a nadie, junto a Risso.

—Bueno; ahora te vestís otra vez —dijo él, con la misma voz asombrada y ronca que había repetido que todo era posible, que todo sería para ellos.

Ella le examinó la sonrisa y volvió a ponerse las ropas. Durante un rato estuvieron los dos mirando los dibujos del mantel, las manchas, el cenicero con el pájaro de pico quebrado. Después él terminó de vestirse y se fue, dedicó su jueves, su día libre, a conversar con el doctor Guiñazú, a convencerlo de la urgencia del divorcio, a burlarse por anticipado de las entrevistas de reconciliación.

Hubo después un tiempo largo y malsano en el que Risso quería volver a tenerla y odiaba simultáneamente la pena y el asco de todo imaginable reencuentro. Decidió después que necesitaba a Gracia, y ahora un poco más que antes. Que era necesaria la reconciliación y que estaba dispuesto a pagar cualquier precio siempre que no interviniera su voluntad, siempre que fuera posible volver a tenerla por las noches sin decir que sí ni siquiera con su silencio.

Volvió a dedicar los jueves a pasear con su hija y a escuchar la lista de predicciones cumplidas que repetía la abuela en las sobremesas. Tuvo de Gracia noticias cautelosas y vagas, comenzó a imaginarla como a una mujer desconocida, cuyos gestos y reacciones debían ser adivinados o deducidos; como a una mujer preservada y solitaria entre personas y lugares, que le estaba predestinada y a la que tendría que querer, tal vez desde el primer encuentro.

Casi un mes después del principio de la separación, Gracia repartió direcciones contradictorias y se fue de Santa María.

—No se preocupe—dijo Guiñazú—. Conozco bien a las mujeres y algo así estaba esperando. Esto confirma el abandono del hogar y simplifica la acción que no podrá ser dañada por una evidente maniobra dilatoria que está evidenciando la sinrazón de la parte demandada.[22]

Era aquél un comienzo húmedo de primavera, y muchas noches Risso volvía caminando del diario, del café, dándole nombres a la lluvia, avivando su sufrimiento como si soplara una brasa, apartándolo de sí para verlo mejor e increíble, imaginando actos de amor nunca vividos para ponerse en seguida a recordarlos con desesperada codicia.

Risso había destruido, sin mirar, los últimos tres mensajes. Se sentía ahora, y para siempre, en el diario y en la pensión, como una alimaña en su madriguera, como una bestia que oyera rebotar los tiros de los cazadores en la puerta de su cueva. Sólo podía salvarse de la muerte y de la idea de la muerte forzándose a la quietud y a la ignorancia. Acurrucado, agitaba los bigotes y el morro, las patas; sólo podía esperar el agotamiento de la furia ajena. Sin permitirse palabras ni pensamientos, se vio forzado a empezar a entender; a confundir a la Gracia que buscaba y elegía hombres y actitudes para las fotos, con la muchacha que había planeado, muchos meses atrás, vestidos, conversaciones, maquillajes, caricias a su hija para conquistar a un viudo aplicado al desconsuelo, a este hombre que ganaba un sueldo escaso y que sólo podía ofrecer a las mujeres una asombrada, leal, incomprensión.

Había empezado a creer que la muchacha que le había escrito largas y exageradas cartas en las breves separaciones veraniegas del noviazgo era la misma que procuraba su desesperación y su aniquilamiento enviándole las fotografías. Y llegó a pensar que, siempre, el amante que ha logrado respirar en la obstinación sin consuelo de la cama el olor sombrío de la muerte, está condenado a

---

[22]*This confirms that she left the family home and makes the case simpler. It cannot be harmed by an obvious delaying manoeuvre which is evidence of fault on the part of the defendant.* Lawyer's jargon.

perseguir —para él y para ella— la destrucción, la paz definitiva de la nada.

Pensaba en la muchacha que se paseaba del brazo de dos amigas en las tardes de la rambla, vestida con los amplios y taraceados vestidos de tela endurecida que inventaba e imponía el recuerdo, y que atravesaba la obertura del Barbero[23] que coronaba el concierto dominical de la banda para mirarlo un segundo. Pensaba en aquel relámpago en que ella hacía girar su expresión enfurecida de oferta y desafío, en que le mostraba de frente la belleza casi varonil de una cara pensativa y capaz, en que lo elegía a él, entontecido por la viudez. Y, poco a poco, iba admitiendo que aquélla era la misma mujer desnuda, un poco más gruesa, con cierto aire de aplomo y de haber sentado cabeza,[24] que le hacía llegar fotografías desde Lima, Santiago y Buenos Aires.

Por qué no, llegó a pensar, por qué no aceptar que las fotografías, su trabajosa preparación, su puntual envío, se originaban en el mismo amor, en la misma capacidad de nostalgia, en la misma congénita lealtad.

La proxima fotografía le llegó desde Montevideo; ni al diario ni a la pensión. Y no llegó a verla. Salía una noche de *El Liberal* cuando escuchó la renguera del viejo Lanza persiguiéndolo en los escalones, la tos estremecida a su espalda, la inocente y tramposa frase del prólogo. Fueron a comer al Baviera; y Risso pudo haber jurado después haber estado sabiendo que el hombre descuidado, barbudo, enfermo, que metía y sacaba en la sobremesa un cigarrillo humedecido de la boca hundida, que no quería mirarle los ojos, que recitaba comentarios obvios sobre las noticias que UP[25] había hecho llegar al diario durante la jornada, estaba impregnado de Gracia, o del frenético aroma absurdo que destila el amor.

—De hombre a hombre —dijo Lanza con resignación—. O de viejo que no tiene más felicidad en la vida que la discutible de seguir viviendo. De un viejo a usted; y yo no sé, porque nunca se sabe, quién es usted. Sé de algunos hechos y he oído comentarios.

[23]*the overture of the Barber* (of Seville). Opera by Rossini.
[24]*with a certain air of confidence and of having settled down.*
[25]*United Press* (American News Agency).

Pero ya no tengo interés en perder el tiempo creyendo o dudando. Da lo mismo. Cada mañana compruebo que sigo vivo, sin amargura y sin dar las gracias. Arrastro por Santa María y por la redacción una pierna enferma y la arteriosclerosis; me acuerdo de España, corrijo las pruebas, escribo y a veces hablo demasiado. Como esta noche. Recibí una sucia fotografía y no es posible dudar sobre quién la mandó. Tampoco puedo adivinar por qué me eligieron a mí. Al dorso dice: 'Para ser donada a la colección Risso', o cosa parecida. Me llegó el sábado y estuve dos días pensando si dársela o no. Llegué a creer que lo mejor era decírselo, porque mandarme eso a mí, es locura sin atenuantes[26] y tal vez a usted le haga bien saber que está loca. Ahora está usted enterado; sólo le pido permiso para romper la fotografía sin mostrársela.

Risso dijo que sí y aquella noche, mirando hasta la mañana la luz del farol de la calle en el techo del cuarto, comprendió que la segunda desgracia, la venganza, era esencialmente menos grave que la primera, la traición, pero también mucho menos soportable. Sentía su largo cuerpo expuesto como un nervio al dolor del aire, sin amparo, sin poderse inventar un alivio.

La cuarta fotografía no dirigida a él la tiró sobre la mesa la abuela de su hija, el jueves siguiente. La niña se había ido a dormir y la foto estaba nuevamente dentro del sobre. Cayó entre el sifón y la dulcera, largo, atravesado y teñido por el reflejo de una botella, mostrando entusiastas letras en tinta azul.

—Comprenderás que después de esto... —tartamudeó la abuela. Revolvía el café y miraba la cara de Risso, buscándole en el perfil el secreto de la universal inmundicia, la causa de la muerte de su hija, la explicación de tantas cosas que ella había sospechado sin coraje para creerlas—. Comprenderás —repitió con furia, con la voz cómica y envejecida.

Pero no sabía qué era necesario comprender y Risso tampoco comprendía, aunque se esforzara, mirando el sobre que había quedado enfrentándolo, con un ángulo apoyado en el borde del plato.

Afuera la noche estaba pesada y las ventanas abiertas de la

---

[26]*sheer madness.*

ciudad mezclaban al misterio lechoso del cielo los misterios de las vidas de los hombres, sus afanes y sus costumbres Volteado en su cama, Risso creyó que empezaba a comprender, que como una enfermedad, como un bienestar, la comprensión ocurría en él, liberada de la voluntad y de la inteligencia. Sucedía, simplemente, desde el contacto de los pies con los zapatos hasta las lágrimas que le llegaban a las mejillas y al cuello. La comprensión sucedía en él, y él no estaba interesado en saber qué era lo que comprendía, mientras recordaba o estaba viendo su llanto y su quietud, la alargada pasividad del cuerpo en la cama, la comba de las nubes en la ventana, escenas antiguas y futuras. Veía la muerte y la amistad con la muerte, el ensoberbecido desprecio por las reglas que todos los hombres habían consentido acatar, el auténtico asombro de la libertad. Hizo pedazos la fotografía sobre el pecho, sin apartar los ojos del blancor de la ventana, lento y diestro, temeroso de hacer ruido o interrumpir. Sintió después el movimiento de un aire nuevo, acaso respirado en la niñez, que iba llenando la habitación y se extendía con pereza inexperta por las calles y los desprevenidos edificios, para esperarlo y darle protección mañana y en los días siguientes.

Estuvo conociendo hasta la madrugada, como a ciudades que le habían parecido inalcanzables, el desinterés, la dicha sin causa, la aceptación de la soledad, Y cuando despertó a mediodía, cuando se aflojó la corbata y el cinturón y el reloj pulsera, mientras caminaba sudando hasta el pútrido olor a tormenta de la ventana, lo invadió por primera vez un paternal cariño hacia los hombres y hacia lo que los hombres habían hecho y construido. Había resuelto averiguar la dirección de Gracia, llamarla o irse a vivir con ella.

Aquella noche en el diario fue un hombre lento y feliz, actuó con torpezas de recién nacido, cumplió su cuota de cuartillas con las distracciones y errores que es común perdonar a un forastero. La gran noticia era la imposibilidad de que *Ribereña*[27] corriera en San Isidro, porque estamos en condiciones de informar que el crédito del *stud El Gorrión*[28] amaneció hoy manifestando dolencias en uno

---

[27]*Shore-dweller.*
[28]*the star of the El Gorrión stud-farm.*

82

de los remos delanteros, evidenciando inflamación a la cuerda lo que dice a las claras de la entidad del mal que lo aqueja.

—Recordando que él hacía Hípicas[29] —contó Lanza—, uno intenta explicar aquel desconcierto comparándolo al del hombre que se jugó el sueldo a un dato que le dieron y confirmaron el cuidador, el *jockey*, el dueño y el propio caballo. Porque aunque tenía, según se sabrá, los más excelentes motivos para estar sufriendo y tragarse sin más todos los sellos de somníferos[30] de todas las boticas de Santa María, lo que me estuvo mostrando media hora antes de hacerlo no fue otra cosa que el razonamiento y la actitud de un hombre estafado. Un hombre que había estado seguro y a salvo y ya no lo está, y no logra explicarse cómo pudo ser, qué error de cálculo produjo el desmoronamiento. Porque en ningún momento llamó yegua a la yegua que estuvo repartiendo las soeces fotografías por toda la ciudad, y ni siquiera aceptó caminar por el puente que yo le tendía, insinuando, sin creerla, la posibilidad de que la yegua —en cueros y alzada como prefirió divulgarse, o mimando en el escenario los problemas ováricos de otras yeguas hechas famosas por el teatro universal—, la posibilidad de que estuviera loca de atar.[31] Nada. El se había equivocado, y no al casarse con ella sino en otro momento que no quiso nombrar. La culpa era de él y nuestra entrevista fue increíble y espantosa. Porque ya me había dicho que iba a matarse y ya me había convencido de que era inútil y también grotesco y otra vez inútil argumentar para salvarlo. Y hablaba fríamente conmigo, sin aceptar mis ruegos de que se emborrachara. Se había equivocado, insistía; él y no la maldita arrastrada que le mandó la fotografía a la pequeña, al Colegio de Hermanas. Tal vez pensando que abriría el sobre la hermana superiora,[32] acaso deseando que el sobre llegara intacto hasta las manos de la hija de Risso, segura esta vez de acertar en lo que Risso tenía de veras vulnerable.

[29]*Racing Column.*
[30]*envelopes with sleeping pills.*
[31]*stark raving mad.*
[32]*Mother Superior.*

83

## La cara de la desgracia[33]

*para Dorotea Muhr - Ignorado perro de la dicha*[34]

**1**

Al atardecer estuve en mangas de camisa, a pesar de la molestia del viento, apoyado en la baranda del hotel, solo. La luz hacía llegar la sombra de mi cabeza hasta el borde del camino de arena entre los arbustos que une la carretera y la playa con el caserío.

La muchacha apareció pedaleando en el camino para perderse en seguida detrás del chalet de techo suizo, vacío, que mantenía el cartel de letras negras, encima del cajón para la correspondencia. Me era imposible no mirar el cartel por lo menos una vez al día; a pesar de su cara castigada por las lluvias, las siestas y el viento del mar, mostraba un brillo perdurable y se hacía ver: *Mi descanso.*

Un momento después volvió a surgir la muchacha sobre la franja arenosa rodeada por la maleza. Tenía el cuerpo vertical sobre la montura, movía con fácil lentitud las piernas, con tranquila arrogancia las piernas abrigadas con medias grises, gruesas y peludas, erizadas por las pinochas. Las rodillas eran asombrosamente redondas, terminadas, en relación a la edad que mostraba el cuerpo.

Frenó la bicicleta justamente al lado de la sombra de mi cabeza y su pie derecho, apartándose de la máquina, se apoyó para guardar equilibrio pisando en el corto pasto muerto, ya castaño, ahora en la sombra de mi cuerpo. En seguida se apartó el pelo de la frente y me miró. Tenia una tricota oscura, y una pollera rosada. Me miró con

---

[33]There is an earlier version of this story, *La large historia* (1944), where the protagonist is not an anonymous narrator but is called Capurro. His age is not mentioned, the fleeing cashier is not his brother, he has no sexual relationship with the young girl and there is no prostitute figure. The police interrogate Capurro about the girl's murder but eventually release him in the face of the mystery about who did it, an 'historia sin medida dentro de la cabeza de cada uno'.

[34]The dedication of this story is to Onetti's fourth wife, Dorotea Muhr.

84

calma y atención como si la mano tostada que separaba el pelo de las cejas bastara para esconder su examen.

Calculé que nos separaban veinte metros y menos de treinta años. Descansando en los antebrazos mantuve su mirada, cambié la ubicación de la pipa entre los dientes, continué mirando hacia ella y su pesada bicicleta, los colores de su cuerpo delgado contra el fondo del paisaje de árboles y ovejas que se aplacaba en la tarde.

Repentinamente triste y enloquecido, miré la sonrisa que la muchacha ofrecía al cansancio, el pelo duro y revuelto, la delgada nariz curva que se movía con la respiración, el ángulo infantil en que habían sido impostados los ojos en la cara —y que ya nada tenía que ver con la edad, que había sido dispuesto de una vez por todas y hasta la muerte—, el excesivo espacio que concedían a la esclerótica. Miré aquella luz del sudor y la fatiga que iba recogiendo el resplandor último o primero del anochecer para cubrirse y destacar como una máscara fosforescente en la oscuridad próxima.

La muchacha dejó con suavidad la bicicleta sobre los arbustos y volvió a mirarme mientras sus manos tocaban el talle con los pulgares hundidos bajo el cinturón de la falda. No sé si tenía cinturón; aquel verano todas las muchachas usaban cinturones anchos. Después miró alrededor. Estaba ahora de perfil, con las manos juntas en la espalda, siempre sin senos, respirando aún con curiosa fatiga, la cara vuelta hacia el sitio de la tarde donde iba a caer el sol.

Bruscamente se sentó en el pasto, se quitó las sandalias y las sacudió; uno a uno tuvo los pies desnudos en las manos, refregando los cortos dedos y moviéndolos en el aire. Por encima de sus hombros estrechos le miré agitar los pies sucios y enrojecidos. La vi estirar las piernas, sacar un peine y un espejo del gran bolsillo con monograma colocado sobre el vientre de la pollera. Se peinó descuidada, casi sin mirarme.

Volvió a calzarse y se levantó, estuvo un rato golpeando el pedal con rápidas patadas. Reiterando un movimiento duro y apresurado, giró hacia mí, todavía solo en la baranda, siempre inmóvil, mirándola. Comenzaba a subir el olor de las madreselvas y la luz del bar del hotel estiró manchas pálidas en el pasto, en los espacios de arena y el camino circular para automóviles que rodeaba la terraza.

Era como si nos hubiéramos visto antes, como si nos conociéramos, como si nos hubiéramos guardado recuerdos agradables. Me miró con expresión desafiante mientras su cara se iba perdiendo en la luz escasa; me miró con un desafío de todo su cuerpo desdeñoso, del brillo del níquel de la bicicleta, del paisaje con chalet de techo suizo y ligustros y eucaliptos jóvenes de troncos lechosos. Fue así por un segundo: todo lo que la rodeaba era segregado por ella y su actitud absurda. Volvió a montar y pedaleó detrás de las hortensias, detrás de los bancos vacíos pintados de azul, más rápida entre las filas de coches frente al hotel.

2

Vacié la pipa y estuve mirando la muerte del sol entre los árboles. Sabía ya, y tal vez demasiado, qué era ella. Pero no quería nombrarla. Pensaba en lo que me estaba esperando en la pieza del hotel hasta la hora de la comida. Traté de medir mi pasado y mi culpa con la vara que acababa de descubrir: la muchacha delgada y de perfil hacia el horizonte, su edad corta e imposible, los pies sonrosados que una mano había golpeado y oprimido.

Junto a la puerta del dormitorio encontré un sobre de la gerencia con la cuenta de la quincena. Al recogerlo me sorprendí a mí mismo agachado, oliendo el perfume de las madreselvas que ya tanteaba en el cuarto, sintiéndome expectante y triste, sin causa nueva que pudiera señalar con el dedo. Me ayudé con un fósforo para releer el *Avis aux passagers* enmarcado en la puerta y encendí de nuevo la pipa. Estuve muchos minutos lavándome las manos, jugando con el jabón, y me miré en el espejo del lavatorio, casi a oscuras, hasta que pude distinguir la cara delgada y blanca —tal vez la única blanca entre los pasajeros del hotel—, mal afeitada. Era mi cara y los cambios de los últimos meses no tenían verdadera importancia. Alguno pasó por el jardín cantando a media voz. La costumbre de jugar con el jabón, descubrí, había nacido con la muerte de Julián, tal vez en la misma noche del velorio.

Volví al dormitorio y abrí la valija después de sacarla con el pie de abajo de la cama. Era un rito imbécil, era un rito; pero acaso resultara mejor para todos que yo me atuviera fielmente a esta forma de la locura hasta gastarla o ser gastado. Busqué sin mirar, aparté ropas y dos pequeños libros, obtuve por fin el diario doblado. Conocía la crónica de memoria; era la más justa, la más errónea y respetuosa entre todas las publicadas. Acerqué el sillón a la luz y estuve mirando sin leer el título negro a toda página, que empezaba a desteñir: SE SUICIDA CAJERO PROFUGO. Debajo la foto, las manchas grises que formaban la cara de un hombre mirando al mundo con expresión de asombro, la boca casi empezando a sonreír bajo el bigote de puntas caídas. Recordé la esterilidad de haber pensado en la muchacha, minutos antes, como en la posible inicial de alguna frase cualquiera que resonara en un ámbito distinto. Este, el mío, era un mundo particular, estrecho, insustituible. No cabían allí otra amistad, presencia o diálogo que los que pudieran segregarse de aquel fantasma de bigotes lánguidos. A veces me permitía, él, elegir entre Julián o El Cajero Prófugo.

Cualquiera acepta que puede influir, o haberlo hecho, en el hermano menor. Pero Julián me llevaba —hace un mes y unos días— algo más de cinco años. Sin embargo, debo escribir sin embargo. Pude haber nacido, y continuar viviendo, para estropear su condición de hijo único; pude haberlo obligado, por medio de mis fantasías, mi displicencia y mi tan escasa responsabilidad, a convertirse en el hombre que llegó a ser: primero en el pobre diablo orgulloso de un ascenso, después en el ladrón. También, claro, en el otro, en el difunto relativamente joven que todos miramos pero que sólo yo podía reconocer como hermano.

¿Qué me queda de él? Una fila de novelas policiales,[35] algún recuerdo de infancia, ropas que no puedo usar porque me ajustan y son cortas.[36] Y la foto en el diario bajo el largo título. Despreciaba su aceptación de la vida; sabía que era un solterón por falta de ímpetu; pasé tantas veces, y casi siempre vagando, frente a la peluquería donde lo afeitaban diariamente. Me irritaba su humildad y me costaba creer en ella. Estaba enterado de que recibía

---

[35]*A row of detective stories.*
[36]*clothes which I cannot use because they are too tight and short for me.*

a una mujer, puntualmente, todos los viernes. Era muy afable, incapaz de molestar, y desde los treinta años le salía del chaleco olor a viejo. Olor que no puede definirse, que se ignora de qué proviene. Cuando dudaba, su boca formaba la misma mueca que la de nuestra madre. Libre de él, jamás hubiera llegado a ser mi amigo, jamás lo habría elegido o aceptado para eso. Las palabras son hermosas o intentan serlo cuando tienden a explicar algo. Todas estas palabras son, por nacimiento, disformes e inútiles. Era mi hermano.

Arturo silbó en el jardin, trepó la baranda y estuvo en seguida dentro del cuarto, vestido con una salida, sacudiendo arena de la cabeza mientras cruzaba hasta el baño. Lo vi enjuagarse en la ducha y escondí el diario entre la pierna y el respaldo del sillón. Pero lo oí gritar:

—Siempre el fantasma.

No contesté y volví a encender la pipa. Arturo vino silbando desde la bañadera y cerró la puerta que daba sobre la noche. Tirado en una cama, se puso la ropa interior y continuó vistiéndose.

—Y la barriga sigue creciendo —dijo—. Apenas si almorcé, estuve nadando hasta el espigón. Y el resultado es que la barriga sigue creciendo. Habría apostado cualquier cosa a que, de entre todos los hombres que conozco, a vos no podría pasarte esto. Y te pasa, y te pasa en serio. ¿Hace como un mes, no?

—Si. Veintiocho días.

—Y hasta los tenés contados —siguió Arturo—. Me conocés bien. Lo digo sin desprecio. Veintiocho días que ese infeliz se pegó un tiro y vos, nada menos que vos, jugando al remordimiento. Como una solterona histérica. Porque las hay distintas. Es de no creer.

Se sentó en el borde de la cama para secarse los pies y ponerse los calcetines.

—Sí —dije yo—. Si se pegó un tiro era, evidentemente, poco feliz. No tan feliz, por lo menos, como vos en este momento.

—Hay que embromarse[37] —volvió Arturo—. Como si vos lo hubieras matado. Y no vuelvas a preguntarme... —Se detuvo para

[37]*You must be joking*

mirarse en el espejo— no vuelvas a preguntarme si en algún lugar de diez y siete dimensiones vos resultás el culpable de que tu hermano se haya pegado un tiro.

Encendió un cigarrillo y se extendió en la cama. Me levanté, puse un almohadón sobre el diario tan rápidamente envejecido y empecé a pasearme por el calor del cuarto.

—Como te dije, me voy esta noche —dijo Arturo—. ¿Qué pensás hacer?

—No sé —repuse suavemente, desinteresado—, por ahora me quedo. Hay verano para tiempo.

Oí suspirar a Arturo y escuché cómo se transformaba su suspiro en un silbido de impaciencia. Se levantó, tirando el cigarrillo al baño.

—Sucede que mi deber moral me obliga a darte unas patadas y llevarte conmigo. Sabés que allá es distinto. Cuando estés bien borracho, a la madrugada, bien distraído, todo se acabó.

Alcé los hombros, sólo el izquierdo, y reconocí un movimiento que Julián y yo habíamos heredado sin posibilidad de elección.

—Te hablo otra vez —dijo Arturo, poniéndose un pañuelo en el bolsillo del pecho—. Te hablo, te repito, con un poco de rabia y con el respeto a que me referí antes. ¿Vos le dijiste al infeliz de tu hermano que se pegara un tiro para escapar de la trampa? ¿Le dijiste que comprara pesos chilenos para cambiarlos por liras y las liras por francos y los francos por coronas bálticas y las coronas por dólares y los dólares por libras y las libras por enaguas de seda amarilla? No, no muevas la cabeza. Caín en el fondo de la cueva. Quiero un sí o un no. A pesar de que no necesito respuesta. ¿Le aconsejaste, y es lo único que importa, que robara? Nunca jamás. No sos capaz de eso. Te lo dije muchas veces. Y no vas a descubrir si es un elogio o un reproche. No le dijiste que robara. ¿Y entonces?

Volví a sentarme en el sillón.

—Ya hablamos de todo eso y todas las veces. ¿Te vas esta noche?

—Claro, en el ómnibus de las nueve y nadie sabe cuánto. Me quedan cinco días de licencia y no pienso seguir juntando salud para regalársela a la oficina.[38]

[38]*I've got five days' leave left and I don't intend to go on building up my health just to give it to the office.*

89

Arturo eligió una corbata y se puso a anudarla

—Es que no tiene sentido —dijo otra vez frente al espejo—. Yo, admito que alguna vez me encerré con un fantasma. La experiencia siempre acabó mal. Pero con tu hermano, como estás haciendo ahora... Un fantasma con bigotes de alambre. Nunca. El fantasma no sale de la nada, claro. En esta ocasión salió de la desgracia. Era tu hermano, ya sabemos. Pero ahora es el fantasma de un cajero de cooperativa con bigotes de general ruso...

—¿El último momento en serio? —pregunté en voz baja; no lo hice pidiendo nada: sólo quería cumplir y hasta hoy no sé con quién o con qué.

—El último momento —dijo Arturo.

—Veo bien la causa. No le dije, ni la sombra de una insinuación, que usara el dinero de la cooperativa para el negocio de los cambios. Pero cuando le expliqué una noche, sólo por animarlo, o para que su vida fuera menos aburrida, para mostrarle que había cosas que podían ser hechas en el mundo para ganar dinero y gastarlo, aparte de cobrar el sueldo a fin de mes...

—Conozco —dijo Arturo, sentándose en la cama con un bostezo—. Nadé demasiado, ya no estoy para hazañas. Pero era el último día. Conozco toda la historia. Explicame ahora, y te aviso que se acaba el verano, qué remediás con quedarte encerrado aquí. Explicame qué culpa tenés si el otro hizo un disparate.

—Tengo una culpa —murmuré con los ojos entornados, la cabeza apoyada en el sillón; pronuncié las palabras tardas y aisladas—. Tengo la culpa de mi entusiasmo, tal vez de mi mentira. Tengo la culpa de haberle hablado a Julián, por primera vez, de una cosa que no podemos definir y se llama el mundo. Tengo la culpa de haberle hecho sentir —no digo creer— que, si aceptaba los riesgos, eso que llamé el mundo sería para él.

—¿Y qué?—dijo Arturo, mirándose desde lejos el peinado en el espejo—. Hermano. Todo eso es una idiotez complicada. Bueno, también la vida es una idiotez complicada. Algún día de éstos se te pasará el período; andá entonces a visitarme. Ahora vestite y vamos a tomar unas copas antes de comer. Tengo que irme temprano. Pero, antes que lo olvide, quiero dejarte un último argumento. Tal vez sirva para algo.

Me tocó un hombro y me buscó los ojos.

—Escuchame —dijo—. En medio de toda esta complicada, feliz idiotez, ¿Julián, tu hermano, usó correctamente el dinero robado, lo empleó aceptando la exactitud de los disparates que le estuviste diciendo?

—¿El? —me levanté con asombro—. Por favor. Cuando vino a verme ya no había nada que hacer. Al principio, estoy casi seguro, compró bien. Pero se asustó en seguida e hizos cosas increíbles. Conozco muy poco de los detalles. Fue algo así como una combinación de títulos con divisas, de rojo y negro con caballos de carrera.[39]

—¿Ves? —dijo Arturo asintiendo con la cabeza—. Certificado de irresponsabilidad. Te doy cinco minutos para vestirte y meditar. Te espero en el mostrador.

### 3

Tomamos unas copas mientras Arturo se empeñaba en encontrar en la billetera la fotografía de una mujer.

—No está —dijo por fin—. La perdí. La foto, no la mujer. Quería mostrártela porque tiene algo inconfundible que pocos le descubren. Y antes de quedarte loco vos entendías de esas cosas.

Y estaban, pensaba yo, los recuerdos de infancia que irían naciendo y aumentando en claridad durante los días futuros, semanas o meses. Estaba también la tramposa, tal vez deliberada, deformación de los recuerdos. Estaría, en el mejor de los casos, la elección no hecha por mí. Tendría que vernos, fugazmente o en pesadillas, vestidos con trajes ridículos, jugando en un jardín húmedo o pegándonos en un dormitorio. El era mayor pero débil. Había sido tolerante y bueno, aceptaba cargar con mis culpas, mentía dulcemente sobre las marcas en la cara que le dejaban mis golpes, sobre una taza rota, sobre una llegada tarde. Era extraño que todo aquello no hubiera empezado aún, durante el mes de vacaciones de otoño en la playa; acaso, sin proponérmelo, yo estuviera deteniendo el torrente con las crónicas periodísticas y la

---

[39]*It was something like a permutation of bonds with hard currency, red and black with racehorses.*

evocación de las dos últimas noches. En una Julián estaba vivo, en la siguiente muerto. La segunda noche no tenía importancia y todas sus interpretaciones habían sido despistadas.

Era su velorio, empezaba a colgarle la mandíbula, la venda de la cabeza envejeció y se puso amarilla mucho antes del amanecer. Yo estaba muy ocupado ofreciendo bebidas y comparando la semejanza de las lamentaciones. Con cinco años más que yo, Julián había pasado tiempo atrás de los cuarenta. No había pedido nunca nada importante a la vida; tal vez, sí, que lo dejaran en paz. Iba y venía, como desde niño, pidiendo permiso. Esta permanencia en la tierra, no asombrosa pero sí larga, prolongada por mí, no le había servido, siquiera, para darse a conocer. Todos los susurrantes y lánguidos bebedores de café o whisky coincidían en juzgar y compadecer el suicidio como un error. Porque con un buen abogado, con el precio de un par de años en la cárcel... Y, además, para todos resultaba desproporcionado y grotesco el final, que empezaban a olisquear, en relación al delito. Yo daba las gracias y movía la cabeza; después me paseaba entre el vestíbulo y la cocina, cargando bebidas o copas vacías. Trataba de imaginar, sin dato alguno, la opinión de la mujerzuela barata que visitaba a Julián todos los viernes o todos los lunes, días en que escasean los clientes. Me preguntaba sobre la verdad invisible, nunca exhibida, de sus relaciones. Me preguntaba cuál sería el juicio de ella, atribuyéndole una inteligencia imposible. Qué podría pensar ella, que sobrellevaba la circunstancia de ser prostituta todos los días, de Julián, que aceptó ser ladrón durante pocas semanas pero no pudo, como ella, soportar que los imbéciles que ocupan y forman el mundo, conocieran su falla. Pero no vino en toda la noche o por lo menos no distinguí una cara, una insolencia, un perfume, una humildad que pudieran serle atribuidos.

Sin moverse del taburete del mostrador, Arturo había conseguido el pasaje y el asiento para el ómnibus. Nueve y cuarenta y cinco.

—Hay tiempo de sobra. No puedo encontrar la foto. Hoy es inútil seguirle hablando. Otra vuelta, mozo.[40]

---

[40]*Another round, waiter.*

Ya dije que la noche del velorio no tenía importancia. La anterior es mucho más corta y difícil. Julián pudo haberme esperado en el corredor del departamento. Pero ya pensaba en la policía y eligió dar vueltas bajo la lluvia hasta que pudo ver luz en mi ventana. Estaba empapado —era un hombre nacido para usar paraguas y lo había olvidado— y estornudó varias veces, con disculpa, con burla, antes de sentarse cerca de la estufa eléctrica, antes de usar mi casa. Todo Montevideo conocía la historia de la Cooperativa y por lo menos la mitad de los lectores de diarios deseaba, distraídamente, que no se supiera más del cajero.

Pero Julián no había aguantado una hora y media bajo la lluvia para verme, despedirse con palabras y anunciarme el suicidio. Tomamos unas copas. Él aceptó el alcohol sin alardes, sin oponerse:

—Total ahora... —murmuró casi riendo, alzando un hombro.

Sin embargo, había venido para decirme adiós a su manera. Era inevitable el recuerdo, pensar en nuestros padres, en la casa quinta de la infancia, ahora demolida. Se enjugó los largos bigotes y dijo con preocupación:

—Es curioso. Siempre pensé que tú sabías y yo no. Desde chico. Y no creo que se trate de un problema de carácter o de inteligencia. Es otra cosa. Hay gente que se acomoda instintivamente en el mundo. Tú sí y yo no. Siempre me faltó la fe necesaria. —Se acariciaba las mandíbulas sin afeitar—. Tampoco se trata de que yo haya tenido que ajustar conmigo deformaciones o vicios. No había handicap; por lo menos nunca lo conocí.

Se detuvo y vació el vaso. Mientras alzaba la cabeza, ésa que hoy miro diariamente desde hace un mes en la primera página de un periódico, me mostró los dientes sanos y sucios de tabaco.

—Pero —siguió mientras se ponía de pie— tu combinación era muy buena. Debiste regalársela a otro. El fracaso no es tuyo.

—A veces resultan y otras no —dije—. No vas a salir con esta lluvia. Podés quedarte aquí para siempre, todo el tiempo que quieras.

Se apoyó en el respaldo de un sillón y estuvo burlándose sin mirarme.

—Con esta lluvia. Para siempre. Todo el tiempo. —Se me

acercó y me tocó un brazo—. Perdón. Habrá molestias. Siempre hay molestias.

Ya se había ido. Me estuvo diciendo adiós con su presencia siempre acurrucada, con los cuidados bigotes bondadosos, con la alusión a todo lo muerto y disuelto que la sangre, no obstante, era y es capaz de rehacer durante un par de minutos.

Arturo estaba hablando de estafas en las carreras de caballos. Miró el reloj y pidió al barman la última copa.

—Pero con más gin, por favor —dijo.

Entonces, sin escuchar, me sorprendí vinculando a mi hermano muerto con la muchacha de la bicicleta. De él no quise recordar la infancia ni la pasiva bondad; sino, absolutamente, nada más que la empobrecida sonrisa, la humilde actitud del cuerpo durante nuestra última entrevista. Si podía darse ese nombre a lo que yo permití que ocurriera entre nosotros cuando vino empapado a mi departamento para decirme adiós de acuerdo a su ceremonial propio.

Nada sabía yo de la muchacha de la bicicleta. Pero entonces, repentinamente, mientras Arturo hablaba de Ever Perdomo[41] o de la mala explotación del turismo, sentí que me llegaba hasta la garganta una ola de la vieja, injusta, casi siempre equivocada piedad. Lo indudable era que yo la quería y deseaba protegerla. No podía adivinar de qué o contra qué. Buscaba, rabioso, cuidarla de ella misma y de cualquier peligro. La había visto insegura y en reto, la había mirado alzar una ensoberbecida cara de desgracia. Esto puede durar pero siempre se paga de modo prematuro, desproporcionado. Mi hermano había pagado su exceso de sencillez. En el caso de la muchacha —que tal vez no volviera nunca a ver— las deudas eran distintas. Pero ambos, por tan diversos caminos, coincidían en una deseada aproximación a la muerte, a la definitiva experiencia. Julián, no siendo; ella, la muchacha de la bicicleta, buscando serlo todo y con prisas.

—Pero —dijo Arturo—, aunque te demuestren que todas las carreras están arregladas, vos seguís jugando igual. Mirá: ahora que me voy parece que va a llover.

—Seguro —contesté, y pasamos al comedor. La ví en seguida.

[41]A jockey famous in Uruguay in the 1950s.

Estaba cerca de una ventana, respirando el aire tormentoso de la noche, con su montón de pelo oscuro y recio movido por el viento sobre la frente y los ojos; con zonas de pecas débiles —ahora, bajo el tubo de luz insoportable del comedor— en las mejillas y la nariz, mientras los ojos infantiles y acuosos miraban distraídos la sombra del cielo o las bocas de sus compañeros de mesa; con los flacos y fuertes brazos desnudos frente a lo que podía aceptarse como un traje de noche amarillo, cada hombro protegido por una mano.

Un hombre viejo estaba sentado junto a ella y conversaba con la mujer que tenía enfrente, joven, de espalda blanca y carnosa vuelta hacia nosotros con una rosa silvestre en el peinado, sobre la oreja. Y al moverse, el pequeño círculo blanco de la flor entraba y salía del perfil distraído de la muchacha. Cuando la mujer reía, echando la cabeza hacia atrás, brillante la piel de la espalda, la cara de la muchacha quedaba abandonada contra la noche.

Hablando con Arturo, miraba la mesa, traté de adivinar de dónde provenía su secreto, su sensación de cosa extraordinaria. Deseaba quedarme para siempre en paz junto a la muchacha y cuidar de su vida. La vi fumar con el café, los ojos clavados ahora en la boca lenta del hombre viejo. De pronto me miró como antes en el sendero, con los mismos ojos calmos y desafiantes, acostumbrados a contemplar o suponer el desdén. Con una desesperación inexplicable estuve soportando los ojos de la muchacha, revolviendo los míos contra la cabeza juvenil, larga y noble; escapando del inaprehensible secreto para escarbar en la tormenta nocturna, para conquistar la intensidad del cielo y derramarla, imponerla en aquel rostro de niña que me observaba inmóvil e inexpresivo. El rostro que dejaba fluir, sin propósito, sin saberlo, contra mi cara seria y gastada de hombre, la dulzura y la humildad adolescente de las mejillas violáceas y pecosas.

Arturo sonreía fumando un cigarrillo.

—¿Tú también, Bruto?[42] —preguntó.

—¿Yo también qué?

—La niña de la bicicleta, la niña de la ventana. Si no tuviera que irme ahora mismo…

[42]Cf. 'Et tu, Brute?' (Shakespeare, *Julius Caesar*, III.i.77). Words spoken to Brutus by the dying Caesar when he realises that Brutus (his friend) is one of his assassins.

—No entiendo.

—Esa, la del vestido amarillo. ¿No la habías visto antes?

—Una vez. Esta tarde, desde la baranda. Antes que volvieras de la playa.

—El amor a primera vista —asintió Arturo—. Y la juventud intacta, la experiencia cubierta de cicatrices. Es una linda historia. Pero, lo confieso, hay uno que la cuenta mejor. Esperá.

El mozo se acercó para recoger los platos y la frutera.

—¿Café? —preguntó. Era pequeño, con una oscura cara de mono.

Bueno—sonrió Arturo—; eso que llaman café. También le dicen señorita a la muchacha de amarillo junto a la ventana. Mi amigo está muy curioso; quiere saber algo sobre las excursiones nocturnas de la nena.

Me desabroché el saco y busqué los ojos de la muchacha. Pero ya su cabeza se había vuelto a un lado y la manga negra del hombre anciano cortaba en diagonal el vestido amarillo. En seguida el peinado con flor de la mujer se inclinó, cubriendo la cara pecosa. Sólo quedó de la muchacha algo del pelo retinto, metálico en la cresta que recibía la luz. Yo recordaba la magia de los labios y la mirada; magia es una palabra que no puedo explicar, pero que escribo ahora sin remedio, sin posibilidad de sustituirla.

—Nada malo—proseguía Arturo con el mozo—. El señor, mi amigo, se interesa por el ciclismo. Decime. ¿Qué sucede de noche cuando papi y mami, si son, duermen?

El mozo se balanceaba sonriendo, la frutera vacía a la altura de un hombro.

—Y nada—dijo por fin—. Es sabido. A medianoche la señorita sale en bicicleta; a veces va al bosque, otras a las dunas. —Había logrado ponerse serio y repetía sin malicia—: Qué le voy a decir. No sé nada más, aunque se diga. Nunca estuve mirando. Que vuelve despeinada y sin pintura. Que una noche me tocaba guardia y la encontré y me puso diez pesos en la mano. Los muchachos ingleses que están en el *Atlantic* hablan mucho. Pero yo no digo nada porque no vi.

Arturo se rió, golpeando una pierna del mozo.

—Ahí tenés —dijo, como si se tratara de un victoria.

—Perdone —pregunté al mozo—. ¿Qué edad puede tener?

—¿La señorita?

—A veces, esta tarde, me hacía pensar en una criatura; ahora parece mayor.

—De eso sé con seguridad, señor —dijo el mozo—. Por los libros tiene quince, los cumplió aquí hace unos días. Entonces, ¿dos cafés? —Se inclinó antes de marcharse.

Yo trataba de sonreír bajo la mirada alegre de Arturo; la mano con la pipa me temblaba en la esquina del mantel.

—En todo caso—dijo Arturo—, resulte o no resulte, es un plan de vida más interesante que vivir encerrado con un fantasma bigotudo.

Al dejar la mesa la muchacha volvió a mirarme desde su altura ahora, una mano todavía enredada en la servilleta, fugazmente, mientras el aire de la ventana le agitaba los pelos rígidos de la frente y yo dejaba de creer en lo que había contado el mozo y Arturo aceptaba.

En la galería, con la valija y el abrigo en el brazo, Arturo me golpeó el hombro.

—Una semana y nos vemos. Caigo por el Jauja y te encuentro en una mesa saboreando la flor de la sabiduría. Bueno, largos paseos en bicicleta.

Saltó al jardín y fue hacia el grupo de coches estacionados frente a la terraza. Cuando Arturo cruzó las luces encendí la pipa, me apoyé en la baranda y olí el aire. La tormenta parecía lejana. Volví al dormitorio y estuve tirado en la cama, escuchando la música que llegaba interrumpida desde el comedor del hotel, donde tal vez hubieran empezado ya a bailar. Encerré en la mano el calor de la pipa y fui resbalando en un lento sueño, en un mundo engrasado y sin aire, donde había sido condenado a avanzar, con enorme esfuerzo y sin deseos, boquiabierto, hacia la salida donde dormía la intensa luz indiferente de la mañana, inalcanzable.

Desperté sudando y fui a sentarme nuevamente en el sillón. Ni Julián ni los recuerdos infantiles habían aparecido en la pesadilla. Dejé el sueño olvidado en la cama, respiré el aire de tormenta que entraba por la ventana, con olor a mujer, lerdo y caliente. Casi sin moverme, arranqué el papel de abajo de mi cuerpo y miré el título, la desteñida foto de Julián. Dejé caer el diario, me puse un impermeable, apagué la luz del dormitorio y salté desde la baranda hasta la tierra blanda del jardín. El viento formaba eses gruesas y me rodeaba la cintura. Elegí cruzar el césped hasta pisar el pedazo de arena donde había estado sentada la muchacha en la tarde. Las medias grises acribilladas por las pinochas, luego los pies desnudos en las manos, las escasas nalgas achatadas contra el suelo. El bosque estaba a mi izquierda, los médanos a la derecha; todo negro y el viento golpeándome ahora la cara. Escuché pasos y vi en seguida la luminosa sonrisa del mozo, la cara de mono junto a mi hombro.

—Mala suerte —dijo el mozo—. La dejó.

Quería golpearlo pero sosegué en seguida las manos que arañaban dentro de los bolsillos del impermeable y estuve jadeando hacia el ruido del mar, inmóvil, los ojos entornados, resuelto y con lástima por mí mismo.

—Debe hacer diez minutos que salió —continuó el mono. Sin mirarlo, supe que había dejado de sonreir y torcía su cabeza hacia la izquierda—. Lo que puede hacer ahora es esperarla a la vuelta. Si le da un buen susto…

Desabroché lentamente el impermeable, sin volverme, saqué un billete del bolsillo del pantalón y se lo pasé al mono. Esperé hasta no oír los pasos del mozo que iban hacia el hotel. Luego incliné la cabeza, los pies afirmados en la tierra elástica y el pasto donde había estado ella, envasado en aquel recuerdo, el cuerpo de la muchacha y sus movimientos en la remota tarde, protegido de mí mismo y de mi pasado por una ya imperecedera atmósfera de creencia y esperanza sin destino, respirando en el aire caliente donde todo estaba olvidado.

**4**

La vi de pronto, bajo la exagerada luna de otoño. Iba sola por la orilla, sorteando las rocas y los charcos brillantes y crecientes, empujando la bicicleta, ahora sin el cómico vestido amarillo, con pantalones ajustados y una chaqueta de marinero. Nunca la había visto con esas ropas y su cuerpo y sus pasos no habían tenido tiempo de hacérseme familiares. Pero la reconocí en seguida y crucé la playa casi en línea recta hacia ella.

—Noches —dije.

Un rato después se volvió para mirarme la cara; se detuvo e hizo girar la bicicleta hacia el agua. Me miró un tiempo con atención y ya tenía algo solitario y desamparado cuando volví a saludarla. Ahora me contestó. En la playa desierta la voz le chillaba como un pájaro. Era una voz desapacible y ajena, tan separada de ella, de la hermosa cara triste y flaca; era como si acabara de aprender un idioma, un tema de conversación en lengua extranjera. Alargué un brazo para sostener la bicicleta. Ahora yo estaba mirando la luna y ella protegida por la sombra.

—¿Para dónde iba? —dije y agregué—: Criatura.

—Para ningún lado—sonó trabajosa la voz extraña—. Siempre me gusta pasear de noche por la playa.

Pensé en el mozo, en los muchachos ingleses del *Atlantic*; pensé en todo lo que había perdido para siempre, sin culpa mía, sin ser consultado.

—Dicen... —dije. El tiempo había cambiado: ni frío ni viento. Ayudando a la muchacha a sostener la bicicleta en la arena al borde del ruido del mar, tuve una sensación de soledad que nadie me había permitido antes; soledad, paz y confianza.

—Si usted no tiene otra cosa que hacer, dicen que hay, muy cerca, un barco convertido en bar y restaurante.

La voz dura repitió con alegría inexplicable:

—Dicen que hay muy cerca un barco convertido en bar y restaurante.

La oí respirar con fatiga; después de un descanso agregó:

—No, no tengo nada que hacer. ¿Es una invitación? ¿Y así, con esta ropa?

—Es. Con esa ropa.

Cuando dejó de mirarme le vi la sonrisa; no se burlaba, parecía feliz y poco acostumbrada a la felicidad.

—Usted estaba en la mesa de al lado con su amigo. Su amigo se fue esta noche. Pero se me pinchó una goma[43] cuanto salí del hotel.

---

[43]*I had a puncture.*

Me irritó que se acordara de Arturo; le quité el manubrio de las manos y nos pusimos a caminar junto a la orilla, hacia el barco.

Dos o tres veces dije una frase muerta; pero ella no contestaba. Volvían a crecer el calor y el aire de tormenta. Sentí que la chica entristecía a mi lado; espié sus pasos tenaces, la decidida verticalidad del cuerpo, las nalgas de muchacho que apretaba el pantalón ordinario.

El barco estaba allí, embicado y sin luces.[44]

—No hay barco, no hay fiesta —dije—. Le pido perdón por haberla hecho caminar tanto y para nada.

Ella se había detenido para mirar el carguero ladeado bajo la luna. Estuvo un rato así, las manos en la espalda como sola, como si se hubiera olvidado de mí y de la bicicleta. La luna bajaba hacia el horizonte de agua o ascendía de allí. De pronto la muchacha se dio vuelta y vino hacia mí; no dejé caer la bicicleta. Me tomó la cara entre las manos ásperas y la fue moviendo hasta colocarla en la luz.

—Qué —roncó—. Hablaste. Otra vez.

Casi no podía verla pero la recordaba. Recordaba muchas otras cosas a las que ella, sin esfuerzo, servía de símbolo. Había empezado a quererla y la tristeza comenzaba a salir de ella y derramarse sobre mí.

—Nada —dije—. No hay barco, no hay fiesta.

—No hay fiesta —dijo otra vez; ahora columbré la sonrisa en la sombra, blanca y corta como la espuma de las pequeñas olas que llegaban hasta pocos metros de la orilla. Me besó de golpe; sabía besar y le sentí la cara caliente, húmeda de lágrimas. Pero no solté la bicicleta.

—No hay fiesta—dijo otra vez, ahora con la cabeza inclinada, oliéndome el pecho—. La voz era más confusa, casi gutural—. Tenía que verte la cara —de nuevo me la alzó contra la luna—. Tenía que saber que no estaba equivocada. ¿Se entiende?

—Sí —mentí; y entonces ella me sacó la bicicleta de las manos, montó e hizo un gran círculo sobre la arena húmeda.

Cuando estuvo a mi lado se apoyó con una mano en mi nuca y volvimos hacia el hotel. Nos apartamos de las rocas y desviamos

[44]*The boat was there, pointing towards land and with no lights.*

hacia el bosque. No lo hizo ella ni lo hice yo. Se detuvo junto a los primeros pinos y dejó caer la bicicleta.

—La cara. Otra vez. No quiere que te enojes —suplicó.

Dócilmente miré hacia la luna, hacia las primeras nubes que aparecían en el cielo.

—Algo —dijo con su extraña voz—. Quiero que digas algo. Cualquier cosa.

Me puso una mano en el pecho y se empinó para acercar los ojos de niña a mi boca.

—Te quiero. Y no sirve. Y es otra manera de la desgracia —dije después de un rato, hablando casi con la misma lentitud que ella.

Entonces la muchacha murmuró 'pobrecito' como si fuera mi madre, con su rara voz, ahora tierna y vindicativa, y empezamos a enfurecer y besarnos. Nos ayudamos a desnudarla en lo imprescindible y tuve de pronto dos cosas que no había merecido nunca: su cara doblegada por el llanto y la felicidad bajo la luna, la certeza desconcertante de que no habían entrado antes en ella.

Nos sentamos cerca del hotel sobre la humedad de las rocas. La luna estaba cubierta. Ella se puso a tirar piedritas; a veces caían en el agua con un ruido exagerado; otras, apenas se apartaban de sus pies. No parecía notarlo.

Mi historia era grave y definitiva. Yo la contaba con una seria voz masculina, resuelto con furia a decir la verdad, despreocupado de que ella creyera o no.

Todos los hechos acababan de perder su sentido y sólo podrían tener, en adelante, el sentido que ella quisiera darles. Hablé, claro, de mi hermano muerto; pero ahora, desde aquella noche, la muchacha se había convertido —retrocediendo para clavarse como una larga aguja en los días pasados— en el tema principal de mi cuento. De vez en cuando la oía moverse y decirme que sí con su curiosa voz mal formada. También era forzoso aludir a los años que nos separaban, apenarse con exceso, fingir una desolada creencia en el poder de la palabra *imposible,* mostrar un discreto desánimo ante las luchas inevitables. No quise hacerle preguntas y las afirmaciones de ella, no colocadas siempre en la pausa exacta, tampoco pedían confesiones. Era indudable que la muchacha me había liberado de Julián y de muchas otras ruinas y escorias que la muerte de Julián representaba y había traído a la superficie; era indudable que yo, desde una media hora atrás, la necesitaba y continuaría necesitándola.

La acompañé hasta cerca de la puerta del hotel y nos separamos sin decirnos nuestros nombres. Mientras se alejaba creí ver que las dos cubiertas de la bicicleta estaban llenas de aire. Acaso me hubiera mentido en aquello pero ya nada tenía importancia. Ni siquiera la vi entrar en el hotel y yo mismo pasé en la sombra, de largo, frente a la galería que comunicaba con mi habitación; seguí trabajosamente hacia los médanos, deseando no pensar en nada, por fin, y esperar la tormenta.

Caminé hacia las dunas y luego, ya lejos, volví en dirección al monte de eucaliptos. Anduve lentamente entre los árboles, entre el viento retorcido y su lamento, bajo los truenos que amenazaban elevarse del horizonte invisible, cerrando los ojos para defenderlos de los picotazos de la arena en la cara. Todo estaba oscuro y — como tuve que contarlo varias veces después— no divisé un farol de bicicleta, suponiendo que alguien los usara en la playa, ni siquiera el punto de brasa de un cigarrillo[45] de alguien que caminara o descansase sentado en la arena, sobre las hojas secas, apoyado en un tronco, con las piernas recogidas, cansado, húmedo, contento. Ese había sido yo; y aunque no sabía rezar, anduve dando las gracias, negándome a la aceptación, incrédulo.

Estaba ahora al final de los árboles, a cien metros del mar y frente a las dunas. Sentía heridas las manos y me detuve para chuparlas. Caminé hacia el ruido del mar hasta pisar la arena húmeda de la orilla. No vi, repito, ninguna luz, ningún movimiento, en la sombra; no escuché ninguna voz que partiera o deformara el viento.

Abandoné la orilla y empecé a subir y bajar las dunas, resbalando en la arena fría que me entraba chisporroteante en los zapatos, apartando con las piernas los arbustos, corriendo casi, rabioso y con una alegría que me había perseguido durante años y ahora me daba alcance, excitado como si no pudiera detenerme

---

[45]*the burning end of a cigarette.*

nunca, riendo en el interior de la noche ventosa, subiendo y bajando a la carrera las diminutas montañas, cayendo de rodillas y aflojando el cuerpo hasta poder respirar sin dolor, la cara doblada hacia la tormenta que venía del agua. Después fue como si también me dieran caza todos los desánimos y las renuncias; busqué durante horas, sin entusiasmo, el camino de regreso al hotel. Entonces me encontré con el mozo y repetí el acto de no hablarle, de ponerle diez pesos en la mano. El hombre sonrió y yo estaba lo bastante cansado como para creer que había entendido, que todo el mundo entendía y para siempre.

Volví a dormir medio vestido en la cama como en la arena, escuchando la tormenta que se había resuelto por fin, golpeado por los truenos, hundiéndome sediento en el ruido colérico de la lluvia.

5

Había terminado de afeitarme cuando escuché en el vidrio de la puerta que daba a la baranda el golpe de los dedos. Era muy temprano; supe que las uñas de los dedos eran largas y estaban pintadas con ardor. Sin dejar la toalla, abrí la puerta; era fatal, allí estaba.

Tenía el pelo teñido de rubio y acaso a los veinte años hubiera sido rubia; llevaba un traje sastre de *cheviot*[46] que los días y los planchados le habían apretado contra el cuerpo y un paraguas verde, con mango de marfil, tal vez nunca abierto. De las tres cosas, dos le había adivinado yo —o supuesto sin error— a lo largo de la vida y en el velorio de mi hermano.

—Betty —dijo al volverse, con la mejor sonrisa que podía mostrar.

Fingí no haberla visto nunca, no saber quién era. Se trataba, apenas, de una manera del piropo, de una forma retorcida de la delicadeza que ya no me interesaba.

'Esta era— pensé—, ya no volverá a serlo, la mujer que yo distinguía borrosa detrás de los vidrios sucios de un café de arrabal, tocándole los dedos a Julián en los largos prólogos de los viernes o los lunes.'

[46]A kind of cloth with a rough nap.

—Perdón —dijo— por venir de tan lejos a molestarlo y a esta hora. Sobre todo en estos momentos en que usted, como el mejor de los hermanos de Julián... Hasta ahora mismo, le juro, no puedo aceptar que esté muerto.

La luz de la mañana la avejentaba y debió parecer otra cosa en el departamento de Julián, incluso en el café. Yo había sido, hasta el fin, el único hermano de Julián; ni mejor ni peor. Estaba vieja y parecía fácil aplacarla. Tampoco yo, a pesar de todo lo visto y oído, a pesar del recuerdo de la noche anterior en la playa, aceptaba del todo la muerte de Julián. Sólo cuando incliné la cabeza y la invité con un brazo a entrar en mi habitación, descubrí que usaba sombrero y lo adornaba con violetas frescas, rodeadas de hojas de hiedra.

—Llámeme Betty —dijo, y eligió para sentarse el sillón que escondía el diario, la foto, el título, la crónica indecisamente crapulosa[47]—. Pero era cuestión de vida o muerte.

No quedaban rastros de la tormenta y la noche podía no haber sucedido. Miré el sol en la ventana, la mancha amarillenta que empezaba a buscar la alfombra. Sin embargo, era indudable que yo me sentía distinto, que respiraba el aire con avidez; que tenía ganas de caminar y sonreír, que la indiferencia —y también la crueldad— se me aparecían como formas posibles de la virtud. Pero todo esto era confuso y sólo pude comprenderlo un rato después.

Me acerqué al sillon y ofrecí mis excusas a la mujer, a aquella desusada manera de la suciedad y la desdicha. Extraje el diario, gasté algunos fósforos y lo hice bailar encendido por encima de la baranda.

—El pobre Julián —dijo ella a mis espaldas.

Volví al centro de la habitación, encendí la pipa y me senté en la cama. Descubrí repentinamente que era feliz y traté de calcular cuántos años me separaban de mi última sensación de felicidad. El humo de la pipa me molestaba los ojos. La bajé hasta las rodillas y estuve mirando con alegría aquella basura en el sillón, aquella maltratada inmundicia que se recostaba, inconsciente, sobre la mañana apenas nacida.

—Pobre Julián —repetí—. Lo dije muchas veces en el velorio y

---

[47] *the newspaper story verging on the sordid.*

después. Ya me cansé, todo llega. La estuve esperando en el velorio y usted no vino. Pero, entiéndame, gracias a este trabajo de esperarla yo sabía cómo era usted, podía encontrarla en la calle y reconocerla.

Me examinó con desconcierto y volvió a sonreir.

—Sí, creo comprender—dijo.

No era muy vieja, estaba aún lejos de mi edad y de la de Julián. Pero nuestras vidas habían sido muy distintas y lo que me ofrecía desde el sillón no era más que gordura, una arrugada cara de beba,[48] el sufrimiento y el rencor disimulado, la pringue de la vida pegada para siempre a sus mejillas, a los ángulos de la boca, a las ojeras rodeadas de surcos. Tenía ganas de golpearla y echarla. Pero me mantuve quieto, volví a fumar y le hablé con voz dulce:

—Betty. Usted me dio permiso para llamarla Betty. Usted dijo que se trataba de un asunto de vida o muerte. Julián está muerto, fuera del problema. ¿Qué más entonces, quién más?

Se retrepó entonces en el sillón de cretona descolorida, sobre el forro de grandes flores bárbaras y me estuvo mirando como a un posible cliente: con el inevitable odio y con cálculo.

—¿Quién muere ahora? —insistí—. ¿Usted o yo?

Aflojó el cuerpo y estuvo preparando una cara emocionante. La miré, admití que podía convencer; y no sólo a Julián. Detrás de ella se estiraba la mañana de otoño, sin nubes, la pequeña gloria ofrecida a los hombres. La mujer, Betty, torció la cabeza y fue haciendo crecer una sonrisa de amargura.

—¿Quién? —dijo hacia el placard[49]— Usted y yo.

—No crea, el asunto recién empieza. Hay pagarés con su firma, sin fondos dicen, que aparecen ahora en el juzgado. Y está la hipoteca sobre mi casa,[50] lo único que tengo. Julián me aseguró que no era más que una oferta; pero la casa, la casita, está hipotecada. Y hay que pagar en seguida. Si queremos salvar algo del naufragio. O si queremos salvarnos.

[48]*a wrinkled baby-face.*
[49]*wardrobe.*
[50]*the business is just beginning. There are IOUs signed by him, with no money to back them up, it seems, and they are turning up in court. And then there is the mortgage on my house.*

Por las violetas en el sombrero y por el sudor de la cara, yo había presentido que era inevitable escuchar, más o menos tarde en la mañana de sol, alguna frase semejante.

—Sí —dije—, parece que tiene razón, que tenemos que unirnos y hacer algo.

Desde muchos años atrás no había sacado tanto placer de la mentira, de la farsa y la maldad. Pero había vuelto a ser joven y ni siquiera a mí mismo tenía que dar explicaciones.

—No sé—dije sin cautela— cuánto conoce usted de mi culpa, de mi intervención en la muerte de Julián. En todo caso, puedo asegurarle que nunca le aconsejé que hipotecara su casa, su casita. Pero le voy a contar todo. Hace unos tres meses estuve con Julián. Un hermano comiendo en un restaurante con su hermano mayor. Y se trataba de hermanos que no se veían más de una vez por año. Creo que era el cumpleaños de alguien; de él, de nuestra madre muerta. No recuerdo y no tiene importancia. La fecha, cualquiera que sea, parecía desanimarlo. Le hablé de un negocio de cambios, de monedas; pero nunca le dije que robara plata a la Cooperativa.

Ella dejó pasar un tiempo ayudándose con un suspiro y estiró los largos tacos hasta el cuadrilátero de sol en la alfombra. Esperó a que la mirara y volvió a sonreírme; ahora se parecía a cualquier aniversario, al de Julián o al de mi madre. Era la ternura y la paciencia, quería guiarme sin tropiezos.

—Botija[51] —murmuró, la cabeza sobre un hombro, la sonrisa contra el límite de la tolerancia—. ¿Hace tres meses? —resopló mientras alzaba los hombros—. Botija, Julián robaba de la Cooperativa desde hace cinco años. O cuatro. Me acuerdo. Le hablaste, m'hijito, de una combinación con dólares, ¿no?. No sé quién cumplía años aquella noche. Y no falto al respeto. Pero Julián me lo contó todo y yo no le podía parar los ataques de risa. Ni siquiera pensó en el plan de los dólares, si estaba bien o mal. El robaba y jugaba a los caballos. Le iba bien y le iba mal. Desde hacía cinco años, desde antes de que yo lo conociera.

—Cinco años —repetí mascando la pipa. Me levanté y fui hasta la ventana. Quedaban restos de agua en los yuyos y en la arena. El

[51]*Boy* (Uruguayan).

106

aire fresco no tenía nada que ver con nosotros, con nadie.

En alguna habitación del hotel, encima de mí, estaría durmiendo en paz la muchacha, despatarrada, empezando a moverse entre la insistente desesperación de los sueños y las sábanas calientes. Yo la imaginaba y seguía queriéndola, amaba su respiración, sus olores, las supuestas alusiones al recuerdo nocturno, a mí, que pudieran caber en su estupor matinal. Volví con pesadez de la ventana y estuve mirando sin asco ni lástima lo que el destino había colocado en el sillón del dormitorio del hotel. Se acomodaba las solapas del traje sastre que, a fin de cuentas, tal vez no fuera de *cheviot*; sonreía al aire, esperaba mi regreso, mi voz. Me sentí viejo y ya con pocas fuerzas. Tal vez el ignorado perro de la dicha me estuviera lamiendo las rodillas, las manos;[52] tal vez sólo se tratara de lo otro; que estaba viejo y cansado. Pero, en todo caso, me vi obligado a dejar pasar el tiempo, a encender de nuevo la pipa, a jugar con la llama del fósforo, con su ronquido.

—Para mí— dije— todo está perfecto. Es seguro que Julián no usó un revólver para hacerle firmar la hipoteca. Y yo nunca firmé un pagaré. Si falsificó la firma y pudo vivir así cinco anos —creo que usted dijo cinco—, bastante tuvo, bastante tuvieron los dos. La miro, la pienso, y nada me importa que le saquen la casa o la entierren en la cárcel. Yo no firmé nunca un pagaré para Julián. Desgraciadamente para usted, Betty, y el nombre me parece inadecuado, siento que ya no le queda bien, no hay peligros ni amenazas que funcionen. No podemos ser socios en nada; y eso es siempre una tristeza. Creo que es más triste para las mujeres. Voy a la galería a fumar y mirar cómo crece la manana. Le quedaré muy agradecido si se va en seguida, si no hace mucho escándalo, Betty.

Salí afuera y me dediqué a insultarme en voz baja, a buscar defectos en la prodigiosa mañana de otoño. Oí, muy lejana, la indolente puteada[53] que hizo sonar a mis espaldas. Escuché, casi en seguida, el portazo. Un Ford pintado de azul apareció cerca del caserío.

Yo era pequeño y aquello me pareció inmerecido, organizado por la pobre, incierta imaginación de un niño. Yo había mostrado

[52]Cf. Onetti's dedication of this story to his wife.
[53]*obscene insult.*

siempre desde la adolescencia mis defectos, tenía razón siempre, estaba dispuesto a conversar y discutir, sin reservas ni silencios. Julián, en cambio —y empecé a tenerle simpatía y otra forma muy distinta de la lástima —, nos había engañado a todos durante muchos años. Este Julián que sólo había podido conocer muerto se reía de mi, levemente, desde que empezó a confesar la verdad, a levantar sus bigotes y su sonrisa en el ataúd. Tal vez continuara riéndose de todos nosotros a un mes de su muerte. Pero para nada me servía inventarme el rencor o el desencanto.

Sobre todo, me irritaba el recuerdo de nuestra última entrevista, la gratuidad de sus mentiras, no llegar a entender por qué me había ido a visitar con riesgos, para mentir por última vez. Porque Betty sólo me servía para la lástima o el desprecio; pero yo estaba creyendo en su historia, me sentía seguro de la incesante suciedad de la vida.

Un Ford pintado de azul roncaba subiendo la cuesta,[54] detrás del chalet de techo rojo, salió al camino y cruzó delante de la baranda siguiendo hasta la puerta del hotel. Vi bajar a un policía con su desteñido uniforme de verano, a un hombre extraordinariamente alto y flaco con traje de anchas rayas y un joven vestido de gris, rubio, sin sombrero, al que veía sonreír a cada frase, sosteniendo el cigarrillo con dos dedos alargados frente a la boca.

، El gerente del hotel bajó con lentitud la escalera y se acercó a ellos mientras el mozo de la noche anterior salía de atrás de una columna de la escalinata, en mangas de camisa, haciendo brillar su cabeza retinta. Todos hablaban con pocos gestos sin casi cambiar el lugar, el lugar donde tenían apoyados los pies, y el gerente sacaba un pañuelo del bolsillo interior del saco, se lo pasaba por los labios y volvía a guardarlo profundamente para, a los pocos segundos, extraerlo con un movimiento rápido y aplastarlo y moverlo sobre su boca. Entré para comprobar que la mujer se había ido; y al salir nuevamente a la galería, al darme cuenta de mis propios movimientos, de la morosidad con que deseaba vivir y ejecutar cada actitud como si buscara acariciar con las manos lo que éstas habían hecho, sentí que era feliz en la mañana, que podía haber otros días esperándome en cualquier parte,

---

[54] *A Ford painted blue snorted up the slope.*

108

Vi que el mozo miraba hacia el suelo y los otros cuatro hombres alzaban la cabeza y me dirigían caras de observación distraída. El joven rubio tiró el cigarrillo lejos; entonces comencé a separar los labios hasta sonreir y saludé, moviendo la cabeza, al gerente, y en seguida, antes de que pudiera contestar, antes de que se inclinara, mirando siempre hacia la galería, golpeándose la boca con el pañuelo, alcé una mano y repetí mi saludo. Volví al cuarto para terminar de vestirme.

Estuve un momento en el comedor, mirando desayunar a los pasajeros y después decidí tomar una ginebra, nada más que una, junto al mostrador del bar, compré cigarrillos y bajé hasta el grupo que esperaba al pie de la escalera. El gerente volvió a saludarme y noté que la mandíbula le temblaba, apenas, rápidamente. Dije algunas palabras y oí que hablaban; el joven rubio vino a mi lado y me tocó un brazo. Todos estaban en silencio y el rubio y yo nos miramos y sonreímos. Le ofrecí un cigarrillo y él lo encendió sin apartar los ojos de mi cara; después dio tres pasos retrocediendo y volvió a mirarme. Tal vez nunca hubiera visto la cara de un hombre feliz; a mí me pasaba lo mismo. Me dio la espalda, caminó hasta el primer árbol del jardin y se apoyó allí con un hombro. Todo aquello tenía un sentido y, sin comprenderlo, supe que estaba de acuerdo y moví la cabeza asintiendo. Entonces el hombre altísimo dijo:

—¿Vamos hasta la playa en el coche?

Me adelanté y fui a instalarme junto al asiento del chofer. El hombre alto y el rubio se sentaron atrás. El policía llegó sin apuro al volante y puso en marcha el coche. En seguida rodamos velozmente en la calmosa mañana; yo sentía el olor del cigarrillo que estaba fumando el muchacho, sentía el silencio y la quietud del otro hombre, la voluntad rellenando ese silencio y esa quietud. Cuando llegamos a la playa el coche atracó junto a un montón de piedras grises que separaban el camino de la arena. Bajamos, pasamos alzando las piernas por encima de las piedras y caminamos hacia el mar. Yo iba junto al muchacho rubio.

Nos detuvimos en la orilla. Estábamos los cuatro en silencio, con las corbatas sacudidas por el viento. Volvimos a encender cigarrillos.

—No está seguro el tiempo —dije.

—¿Vamos? —contestó el joven rubio.

El hombre alto del traje a rayas estiró un brazo hasta tocar al muchacho en el pecho y dijo con voz gruesa:

—Fíjese. Desde aquí a las dunas. Dos cuadras. No mucho más ni menos.

El otro asintió en silencio, alzando los hombros como si aquello no tuviera importancia. Volvió a sonreir y me miró.

—Vamos —dije, y me puse a caminar hasta el automóvil. Cuando iba a subir, el hombre alto me detuvo.

—No —dijo—. Es ahí, cruzando.

En frente había un galpón de ladrillos manchados de humedad. Tenía techo de zinc y letras oscuras pintadas arriba de la puerta. Esperamos mientras el policía volvía con una llave. Me di vuelta para mirar el mediodía cercano sobre la playa; el policía separó el candado abierto y entramos todos en la sombra y el inesperado frío. Las vigas brillaban negras, suavemente untadas de alquitrán, y colgaban pedazos de arpillera del techo. Mientras caminábamos en la penumbra gris, sentí crecer el galpón, más grande a cada paso, alejándome de la mesa larga formada con caballetes que estaba en el centro. Miré la forma estirada pensando quién enseña a los muertos la actitud de la muerte. Había un charco estrecho de agua en el suelo y goteaba desde una esquina de la mesa. Un hombre descalzo, con la camisa abierta sobre el pecho colorado, se acercó carraspeando y puso una mano en una punta de la mesa de tablones, dejando que su corto índice se cubriera en seguida, brillante, del agua que no acababa de chorrear. El hombre alto estiró un brazo y destapó la cara sobre las tablas dando un tirón a la lona. Miré el aire, el brazo rayado del hombre que había quedado estirado contra la luz de la puerta sosteniendo el borde con anillas de la lona. Volví a mirar al rubio sin sombrero e hice una mueca triste.

—Mire aquí —dijo el hombré alto.

Fui viendo que la cara de la muchacha estaba torcida hacia atrás y parecía que la cabeza, morada, con manchas de un morado rojizo sobre un delicado, anterior morado azuloso, tendría que rodar desprendida de un momento a otro si alguno hablaba fuerte, si alguno golpeaba el suelo con los zapatos, simplemente si el tiempo pasaba.

Desde el fondo, invisible para mí, alguien empezó a recitar con voz ronca y ordinaria, como si hablara conmigo. ¿Con quién otro?

—Las manos y los pies, cuya epidermis está ligeramente blanqueada y doblegada en la extremidad de los dedos, presentan además, en la ranura de las uñas,[55] una pequeña cantidad de arena y limo. No hay herida, ni escoriación en las manos. En los brazos, y particularmente en su parte anterior, encima de la muñeca, se encuentran varias equimosis[56] superpuestas, dirigidas transversalmente y resultantes de una presión violenta ejercida en los miembros superiores.

No sabía quién era, no deseaba hacer preguntas. Sólo tenía, me lo estaba repitiendo, como única defensa, el silencio. El silencio por nosotros. Me acerqué un poco más a la mesa y estuve palpando la terquedad de los huesos de la frente.[57] Tal vez los cinco hombres esperaran algo más; y yo estaba dispuesto a todo. La bestia, siempre en el fondo del galpón, enumeraba ahora con su voz vulgar:

—La faz está manchada por un líquido azulado y sanguinolento, que ha fluido por la boca y la nariz. Después de haberla lavado cuidadosamente, reconocemos en torno de la boca extensa escoriación con equimosis, y la impresión de las uñas hincadas en las carnes. Dos señales análogas existen debajo del ojo derecho, cuyo párpado inferior está fuertemente contuso. A más de las huellas de violencia que han sido ejecutadas manifiestamente durante la vida, nótanse en el rostro numerosos desgarros, puntuados, sin rojez, sin equimosis, con simple desecamiento de la epidermis y producidos por el roce del cuerpo contra la arena. Vese una infiltración de sangre coagulada, a cada lado de la laringe. Los tegumentos[58] están invadidos por la putrefacción y pueden distinguirse en ellos vestigios de contusiones o equimosis. El interior de la tráquea y de los bronquios contiene una pequeña cantidad de un líquido turbio, oscuro, no espumoso, mezclado con arena.

[55]*under the nail-ends.*
[56]*discolourings.*
[57]*I was feeling the hardness of the bones of her forehead.*
[58]*teguments* (membranes).

Era un buen responso,[59] todo estaba perdido. Me incliné para besarle la frente y después, por piedad y amor, el líquido rojizo que le hacía burbujas entre los labios.

Pero la cabeza con su pelo endurecido, la nariz achatada, la boca oscura, alargada en forma de hoz con las puntas hacia abajo, lacias, goteantes, permanecía inmóvil, invariable su volumen en el aire sombrío que olía a sentina, más dura a cada paso de mis ojos por los pómulos y la frente y el mentón que no se resolvía a colgar. Me hablaban uno tras otro, el hombre alto y el rubio, como si realizaran un juego, golpeando alternativamente la misma pregunta. Luego el hombre alto soltó la lona, dio un salto y me sacudió de las solapas. Pero no creía en lo que estaba haciendo, bastaba mirarle los ojos redondos, y en cuanto le sonreí con fatiga, me mostró rápidamente los dientes, con odio y abrió la mano.

—Comprendo, adivino, usted tiene una hija. No se preocupen: firmaré lo que quieran, sin leerlo. Lo divertido es que están equivocados. Pero no tiene importancia. Nada, ni siquiera esto, tiene de veras importancia.

Antes de la luz violenta del sol me detuve y le pregunté con voz adecuada al hombre alto:

—Seré curioso y pido perdón: ¿Usted cree en Dios?

—Le voy a contestar, claro —dijo el gigante—; pero antes, si quiere, no es útil para el sumario,[60] es, como en su caso, pura curiosidad... ¿Usted sabía que la muchacha era sorda?

Nos habíamos detenido exactamente entre el renovado calor del verano y la sombra fresca del galpón.

—¿Sorda?—pregunté—. No, sólo estuve con ella anoche. Nunca me pareció sorda. Pero ya no se trata de eso. Yo le hice una pregunta; usted prometió contestarla.

Los labios eran muy delgados para llamar sonrisa a la mueca que hizo el gigante. Volvió a mirarme sin desprecio, con triste asombro, y se persignó.

[59]*prayer for the dead.*
[60]*report.*

# Temas de discusión

## Bienvenido, Bob

1. ¿En su opinión, merece Bob la venganza que el narrador le toma al final de la historia?
2. ¿Es verosímil que una persona se haya dejado degenerar tanto, a los treinta años, como Roberto?
3. ¿Son convincentes la razones que tiene Bob para odiar al narrador?
4. ¿Es Inés sólo una figura secundaria?
5. ¿Hasta qué punto son Bob y Roberto emblemas de dos etapas distintas de la vida de un hombre?
6. ¿Cuáles pueden ser las razones de la transformación de Bob en Roberto?
7. ¿Hay alguna tensión homoerótica en este cuento?
8. Explique cómo la estructura de *Bienvenido, Bob* contribuye a su significado.
9. Analice el uso que hace Onetti de pequeños detalles significativos.
10. ¿Le parece que el aire general de este cuento es de paranoia?

## Esbjerg, en la costa

1. Analice este cuento en términos del motivo de la *apuesta*.
2. ¿Cuál es el salto existencial que hace Montes y por qué razones lo hace?
3. ¿En qué consiste exactamente el pesimismo de esta historia?
4. Analice la sicología del narrador.
5. Examine la dicotomía Europa/América establecida en el cuento.
6. ¿Por qué quiere Kirsten volver a Dinamarca?
7. ¿Hastá que punto son los personajes manejados por fuerzas que están fuera de su control?
8. Analice los matices de la relación entre Montes y Kirsten de antes y después de la apuesta fallida.
9. ¿Cuáles son los elementos inciertos de esta historia? ¿Qué contribución hacen al significado?
10. ¿Es legítimo identificar al narrador de *Esbjerg, en las costa* con su autor?

**El infierno tan temido**

1. ¿Cuál fue el malentendido entre Gracia César y Risso?
2. Analice la diferencia de enfoque entre los dos narradores.
3. ¿Le parece exagerada la venganza que toma Gracia?
4. Analice las tensiones producidas entre retórica y realidad.
5. ¿Por qué el retrato que se le hace de Sociales es tan cruel?
6. ¿Cuál, en su opinión, fue el gran error de Risso?
7. ¿Cómo queda retratada la oficina editorial de *El Liberal*?
8. Describa los distintos efectos producidos en Risso por las fotos que Gracia le manda.
9. ¿Qué, exactamente, es lo que Gracia quiere decirle a Risso con las fotos?
10. ¿Le parece un motivo justificador de suicidio lo que Gracia le hace?

**La cara de la desgracia**

1. ¿Quién cometió el asesinato de la muchacha?
2. ¿Le parece que la relación entre la muchacha y el narrador tiene algunos elementos perversos?
3. ¿Lo contado por Betty es digno de creerse o no?
4. Dé su opinión sobre la actitud vital de Arturo.
5. ¿Por qué el narrador se entrega a la policía con sólo un mínimo de protesta?
6. ¿Está la policía empeñada en buscar la verdad del caso o sólo se satisface con una explicación fácil?
7. Analice los sentimientos exhibidos por el narrador ante la prostituta.
8. ¿Qué idea tenía el narrador de su hermano Julián antes de la historia relatada por Betty?
9. ¿Podría leerse este cuento como un intento mentiroso de eximirse de la culpabilidad del asesinato, por parte del narrador?
10. ¿Qué quiere decir el narrador con su repetición de la 'incesante suciedad de la vida'?

# Temas de disertación

1. Analice la función de las diferentes voces narrativas en los cuatro cuentos.
2. ¿Hasta qué punto es lícito calificar a Onetti como escritor existencialista?
3. Examine el uso que hace Onetti de la incertidumbre de sus voces narrativas.
4. ¿Qué contribución hace la peculiar cronología narrativa de cada uno de estos cuentos a su significado general?
5. ¿Qué visión de la mujer tiene Onetti en estas historias? ¿Hay alguna evidencia de misoginia?
6. Si la cosmovisión de Onetti es tan rigurosamente pesimista, ¿qué es lo que lo salva como autor? ¿Es posible leerlo con fruición a la vez de estar en desacuerdo con su filosofía vital?
7. Según E. M. Forster, una buena novela incluye, a la vez que 'la vida en el tiempo', 'la vida por valores'. Examine la significación de estas expresiones y considere si los cuentos de esta colección (que son novelas en miniatura) reúnen estas condiciones.
8. Para D. H. Lawrence, 'en el arte de verdad existe siempre el doble ritmo de crear y destruir'. Reflexione sobre lo que con ello Lawrence quiere decir e intente ver si estos cuentos de Onetti dan evidencia de ese 'ritmo'.
9. Analice el uso que hace Onetti del tiempo cronológico y meteorológico.
10. Describa la suerte de los personajes 'espectadores' y de los que se arriesgan, en estas historias. ¿Por cuáles evidencia el autor mayores simpatías?

# Selected vocabulary

The meanings given here are the ones most appropriate to the context of the stories.

abanico, sheaf
abogado, lawyer
acariciar, to caress
acatar, to respect
acicateado, spurred, impelled
acierto, success
acrecentarse, to grow
acuoso, watery
acurrucado, crouching
achatado, flattened
afeitar, to shave
afiche, poster
agasajar, to treat, regale
aguado, watery
alentador, encouraging
alimaña, wild beast
almohada, pillow, cushion
alquitrán, tar
amoldar, to mould
anudar, to knot
apostar, to bet
apuesta, bet, wager
apuro, hurry
arañar, to scratch
archivo, file
arquearse, to arch
arrabal, poor suburbs
arrobarse, to become ecstatic
arruga, wrinkle
ascenso, promotion
aseveración, statement
asombro, amazement
atadura, tie
ataúd, coffin
avejentar, to make old

bancar, to bank

baranda, verandah
barbilla, chin
bigote, moustache
bigotudo, moustachioed
billetera, wallet
bocina, siren
bocinazo, noise of a siren
bodega, ship's hold
bombilla, 'caña delgada de que se sirven para sorber el mate en América' (dicc. Martín Alonso)
borroso, blurred, fuzzy
botica, chemist's shop
bravata, piece of bravado
burbuja, bubble
burlón, mocking

cabezada, movement of the head
cabo, rope
cajero, cashier
campanillazo, telephone ring
canalla, scoundrel, bastard
cancha, race-track
candado, padlock
cargar, to carry, load
carguero, cargo-boat
carraspear, to clear one's throat
cartulina, card
caserío, hamlet, village
castaño, brown
cautela, caution
ceja, eyebrow
cierre, deadline
citación, invitation
cocina, stove, kitchen
comba, curve
comisario, racecourse steward

116

**columbrar**, to espy, see
**compromiso**, commitment
**contrayente**, bride/bridegroom
**convenir**, to agree
**corazonada**, sudden intuition
**crapuloso**, filthy
**cretona**, cretonne
**criatura**, child
**cuadra**, block
**cuartilla**, sheet of paper
**cubierta**, tyre
**cuerda**, tendon
**cueros, en -**, naked
**cuidador**, stable-boy
**cuota**, instalment

**chalet**, bungalow
**chasquido**, click
**chillar**, screech
**chisporroteante**, crackling

**delatar**, to give away, betray
**demencia**, madness
**demolir**, to demolish
**departamento**, flat, apartment
**derramar**, to spill, scatter
**desabrochar**, to unbutton
**desafiante**, defiant
**desapacible**, restless
**desenterrar**, to uncover, discover
**desgarrar**, to tear
**desgarro**, tear
**desmoronamiento**, collapse
**despatarrado**, with open legs
**despistado**, off the mark
**desquite**, revenge
**destacar**, emphasise
**desteñido**, faded
**destilar**, distil
**destreza**, skill
**desvaído**, colourless
**develar**, unveil
**dilatorio**, delaying
**disculpa**, apology, excuse
**disparador**, camera shutter
**disparate**, stupid act or saying
**displicencia**, displeasure
**divisar**, to see, make out
**doblez**, crease, fold, deceit

**duelo**, duel
**dulcera**, jar for preserves or sweets

**embarcarse**, embark
**empapar**, to soak
**emparentarse**, to be related to
**empinarse**, to stand up on one's toes
**enaguas**, petticoats
**enceguecedor**, blinding, dazzling
**encogido**, crouched, bent over
**englobar**, to encompass
**enjuagarse**, to rinse oneself
**enjugarse**, to wipe oneself dry
**ennoblecer**, to ennoble
**enojarse**, to get angry
**entornarse**, to swivel round
**entrecortado**, broken, breaking
**entreverar**, to mix up
**envarado**, stiff, rigid
**envasado**, bottled up
**epígrafe**, heading, headline
**equimosis**, discolouring
**escalinata**, staircase
**escarbar**, to dig or scratch up
**escasear**, to be scarce
**esclerótica**, sclerotic (of the membrane around the eye)
**escopeta**, shotgun
**escoria**, rubbish, trash
**escoriación**, abrasion
**espigón**, breakwater
**establo**, cowshed
**estafa**, fraud
**estafar**, to commit fraud
**estampilla**, postage stamp
**estornudar**, to sneeze
**estufa**, stove
**extrañar**, to miss, feel nostalgia for

**faja**, stretch of water
**falla**, mistake
**flamante**, brand new
**forro**, cover
**franja**, border, fringe
**fugaz**, fleeting
**galpón**, hut
**garita**, cubby-hole
**gatillo**, trigger
**gerencia**, management

117

**ginebra**, gin
**grasoso**, greasy
**grave**, low
**grumo**, lump

**hechura**, creation
**hediondo**, stinking
**hervor**, boiling
**hincado**, dug, sunk into
**hipódromo**, race-course
**hipoteca**, mortgage
**hosco**, frowning, sullen
**hoz**, sickle

**impermeable**, raincoat
**impostado**, placed, set
**índice**, index-finger
**inmundicia**, filth

**jadear**, to pant
**jugada**, bet
**jurar**, to swear

**lacio**, slack
**lacrimal**, tear-duct
**lavatorio**, wash-basin, washroom
**lechoso**, milky
**lerdo**, clumsy, thick, dull
**ligustro**, 'arbusto de la familia de las oleáceas, de unos dos metros de altura' (dicc. Martín Alonso)
**limo**, mud
**lona**, canvas
**lujuria**, lust
**luto**, mourning

**machacante**, insistent
**madreselva**, honeysuckle
**madriguera**, lair, den
**maloliente**, smelly, stinking
**mandíbula**, jaw, jawbone
**manga**, sleeve
**manso**, meek
**manubrio**, handlebars
**mañosamente**, with great skill
**marfil**, ivory
**margen**, edge
**médano**, dune
**menefrego**, I don't give a damn

**modisto**, fashion designer, dressmaker
**mono**, monkey
**morro**, snout
**mucama**, maid
**mueca**, grimace
**muelle**, quay, quayside
**muequear**, to pull a face
**mujerzuela**, tart

**nalga**, buttock
**naufragio**, (ship)wreck
**nocivo**, noxious
**noviazgo**, engagement

**obcecado**, obsessive
**ojera**, bag under eye
**olisquear**, to scent, sniff

**pagaré**, IOU
**papada**, double chin, fold of flesh under jaw
**paraguas**, umbrella
**pardo**, brownish
**párpado**, eyelid
**partidario**, pertaining to a political party
**pasta**, paste
**pasto**, grass
**pastoso**, sticky
**pavor**, dread
**pavoroso**, dreadful
**pecoso**, freckled
**peinado**, hairdo
**pensión**, boarding-house
**penumbra**, half-light
**persiana**, Venetian blind
**pesadilla**, nightmare
**pestañear**, to blink, flutter one's eyelashes
**picotazo**, pricking, lashing
**piedad**, pity
**pinocha**, pine-needle
**piropo**, compliment, gallantry
**placard**, wardrobe
**planilla**, form
**pollera**, skirt
**pómulo**, cheekbone
**pordiosero**, begging, beggarly
**porfiar**, to insist, persist
**portazo**, slamming of a door

**postergación**, delay, putting off
**prefectura**, town hall
**prestamista**, money-lender
**pringoso**, dirty, greasy
**pringue**, dirt, grease
**prófugo**, fugitive, on the run
**prostíbulo**, brothel
**pulsera**, bracelet
**punta**, end, tip
**puntiagudo**, pointed
**puntuado**, punctuated, at intervals
**puñado**, handful

**quinta**, villa

**rambla**, avenue
**raya**, stripe
**recostado**, leaning
**red**, net
**redacción**, editorial office
**regar**, to water
**regazo**, lap
**relieve**, relief
**remate**, auction, sale
**remedar**, imitate, parody
**remordimiento**, remorse
**rencoroso**, rancorous
**renguera**, limp
**repentino**, sudden
**reservado**, private room
**responso**, prayer for the dead
**retinto**, dark brown
**retreparse**, to lean back
**ronco**, hoarse
**ruego**, fervent request, prayer
**ruindad**, vileness

**saco**, jacket
**saeta**, arrow
**segregarse**, to secrete
**sentina**, cesspool, sink
**señuelo**, bait, decoy
**sien**, temple
**sifón**, siphon
**sobremesa**, after dinner
**soez**, coarse, degrading

**solapa**, lapel
**solterón**, confirmed bachelor
**solterona**, confirmed spinster
**sortear**, to avoid
**sosegar**, to quieten, still
**sótano**, basement, cellar
**subvencionar**, to subsidise
**sumario**, report
**surco**, furrow, channel
**susurrante**, murmuring, whispering

**tablilla**, slat
**taco**, heel
**taller**, printer's, printshop
**taraceado**, encrusted, decorated
**tartamudear**, to stutter, stammer
**tecla**, key, note
**ternura**, tenderness
**tibio**, lukewarm
**traición**, betrayal
**trajinar**, to busy oneself
**tramposo**, tricky
**tricota**, turtle-neck sweater
**turbio**, muddy, unclear

**valija**, suitcase
**varón**, male
**vaticinio**, prediction
**velorio**, wake
**venda**, bandage
**venganza**, revenge, vengeance
**ventanilla**, ticket-window, box-office
**vestíbulo**, hall
**vetusto**, ancient
**vibrátil**, vibrating
**viga**, beam
**vincular**, to connect
**violáceo**, purplish, violet
**viudez**, widow(er)hood
**volante**, steering wheel

**waterclós**, WC, lavatory

**yegua**, whore, bitch
**yuyo**, weed